Theodor, der Seifensieder

Heinrich Hansjakob

Impressum

Autor: Heinrich Hansjakob
Umschlagkonzept: toepferschumann, Berlin

Verlag: tredition GmbH, Hamburg
ISBN: 978-3-8424-0554-7
Printed in Germany

Tucholsky Wagner Zola Scott Sydow Freud Schlegel
Turgenev Wallace Fonatne

Twain Walther von der Vogelweide Fouqué Friedrich II. von Preußen
Weber Freiligrath Frey
Fechner Fichte Weiße Rose von Fallersleben Kant Ernst Richthofen Frommel
Hölderlin
Engels Fielding Eichendorff Tacitus Dumas
Fehrs Faber Flaubert
Eliasberg Ebner Eschenbach
Feuerbach Maximilian I. von Habsburg Fock Eliot Zweig
Ewald Vergil
Goethe Elisabeth von Österreich London
Mendelssohn Balzac Shakespeare
Lichtenberg Rathenau Dostojewski Ganghofer
Trackl Stevenson Doyle Gjellerup
Tolstoi Hambruch
Mommsen Lenz Droste-Hülshoff
Thoma Hanrieder
Dach Verne von Arnim Hägele Hauff Humboldt
Reuter
Karrillon Rousseau Hagen Hauptmann Gautier
Garschin
Damaschke Defoe Hebbel Baudelaire
Descartes
Hegel Kussmaul Herder
Wolfram von Eschenbach Dickens Schopenhauer
Darwin Rilke George
Bronner Melville Grimm Jerome
Bebel Proust
Campe Horváth Aristoteles
Bismarck Vigny Barlach Voltaire Federer Herodot
Gengenbach Heine
Storm Casanova Tersteegen Grillparzer Georgy
Chamberlain Lessing Langbein Gilm
Gryphius
Brentano Lafontaine
Strachwitz Claudius Schiller Kralik Iffland Sokrates
Bellamy Schilling
Katharina II. von Rußland Gerstäcker Raabe Gibbon Tschechow
Löns Hesse Hoffmann Gogol Wilde Gleim Vulpius
Luther Heym Hofmannsthal Morgenstern
Roth Heyse Klopstock Klee Hölty Goedicke
Luxemburg Puschkin Homer Kleist
La Roche Horaz Mörike Musil
Machiavelli Kierkegaard Kraft Kraus
Navarra Aurel Musset
Nestroy Marie de France Lamprecht Kind Kirchhoff Hugo Moltke
Nietzsche Nansen Laotse Ipsen Liebknecht
Marx Ringelnatz
von Ossietzky Lassalle Gorki Klett Leibniz
May vom Stein Lawrence Irving
Petalozzi Knigge
Platon Pückler Michelangelo Kafka
Sachs Poe Liebermann Kock
Korolenko
de Sade Praetorius Mistral Zetkin

1.

Es ist das Jahr 1833 und Sommer. In der Nähe der Stadt Kassel liegen am Eingang eines Dorfes sechs Handwerksburschen. Der eine, ein alter Knabe, meint, in diesem Dorfe sei heute Kirchweih, da müßte man fechten, es gebe »Küchle«. Der Vorschlag wird angenommen. Die Kumpane verteilen unter sich das Dorf, um, jeder für sich, ans Küchlefechten zu gehen.

Der jüngste unter ihnen, ein achtzehnjähriger, frischer Bursche, elegant und zünftig gekleidet in blauen Tuchanzug, einen Zylinder mit Wachstuch überzogen auf dem Haupt, einen mächtigen Ziegenhainer in der Rechten und ein großes ledernes Felleisen auf dem Rücken, schickte sich bebenden Herzens zum Fechten an.

Ihm waren die letzten Häuser des Dorfes zugefallen, aber er des Fechtens nicht gewohnt, weil in jener Zeit die Handwerksburschen nur in der Not fochten und ihnen überall die Zunft unterstützend zur Seite stand.

In drei Häusern bat er um Küchle, in allen dreien wurde er mit seiner Bitte abgewiesen.

So kam er an das allerletzte Haus: es schien ihm das Pfarrhaus zu sein, hier, dachte er, bekommst du gewiß Küchle. Mit diesem Gedanken ging er die steineine Treppe hinauf und im Haus der Küche zu, wo zwei weibliche Wesen hantierten, während in einer Ecke, mit einem weißen Tuch bedeckt, ein Korb stund, in dem der Fremdling sicher den Leckerbissen vermutete.

Bescheiden tat er seinen Spruch: »Ein armer Handwerksbursche bittet, da es Kirchweih ist, um ein Küchle.«»Es tut mir leid,« sagte die ältere der Köchinnen,»wir haben keine.« So ging der junge Fechter leer ab.

Unweit dieses letzten Hauses trafen alle Burschen wieder zusammen; jeder hatte etwas erfochten, Geld oder Küchle: nur der jüngste mit dem blauen Anzug hatte nichts. Vergeblich probierten jetzt die andern, in dem Pfarrhause etwas zu erfechten. Alle wurden abgewiesen.

In dem Garten beim Hause erblickten sie nun schöne Gurken und beschlossen, an diesen Rache auszuüben für die beharrliche Abweisung. Der älteste Geselle meinte, er wisse in Kassel eine Wirtschaft, wo billig zu leben sei. Dort müsse ein Gurkensalat gemacht und Rindfleisch dazu gegessen werden. Er garantiere, es koste nicht mehr als 16 Kreuzer auf den Kopf.

Auch mit diesem Vorschlag des erfahrenen Wanderers waren alle einverstanden, und der mit dem blauen Anzug sprang alsbald über den Gartenhag, füllte die Taschen mit Gurken und war im Augenblick wieder bei seinen Kameraden. Nun ging's auf und davon.

Als sie aber eine halbe Stunde gen Kassel zu marschiert warm, merkte der Gurkendieb, daß seine Tabakspfeife fehle, die ihm sein Bruder, der Xaver, geschenkt, als er in die Fremde zog.

Die liegt in des Pfarrers Gurkenbeet, dachte er, lehrte flugs um, sprang abermals über den Zaun, ergriff mit einer Hand seine Pfeife, mit der andern noch zwei Gurken und eilte dann seinen Gefährten nach.

Die Pfeife aber verwahrte er fortan so gut, daß er sie heute, 1897, da ich seine Geschichte niederschreibe, noch besitzt. –

In Kassel eingerückt, suchten sie die Handwerksburschenkneipe auf, ein finsteres, unheimliches Quartier, bestellten ihr Rindfleisch und machten sich daran, die Gurken eigenhändig zu präparieren.

Während sie diesem Geschäft sich hingaben, kam ein Gendarm und nahm den Wirt geheimnisvoll in sein Nebenzimmer. Da erfaßte den jungen Gesellen im blauen Gewand die Angst, es könne sich um seine Gurken handeln.

Er sieht sich im Geiste arretiert und als Dieb per Schub in die Heimat spediert und malt sich den Schrecken der Eltern. Diese Aussichten veranlassen ihn, ehe der Gendarm wieder in die Stube zurückkommt, sein Felleisen umzuschnallen und aus Kassel hinauszustürmen, was er laufen konnte.

Er lief, lief, fortwährend von dem Donner und Blitz des auf Sinai gegebenen Gebotes:»Du sollst nicht stehlen,« verfolgt, lief bis nach Heidelberg, wo badische Grenzpfähle ihn schützten vor dem hessischen Gendarmen. Hier trifft er einige Tage darauf wieder einen der

Gesellen, der ihm sagt, der Gurkensalat habe gut geschmeckt und sich kein Gendarm darum gekümmert.

Der im blauen Gewande und vom Gewissen Verfolgte war – Theodor, der Seifensieder, ein Schwarzwälder, ein Kinzigtäler und ein Waldmann.

Seine engere Heimat ist Wolfe, das Waldstädtle, zwei Stunden oberhalb Hasle, zwischen die Berge eingeengt, aus denen die Wolf und die Kinzig ihre Wasser drängen.

Seines Geschlechts ist der Theodor ein Armbruster.

Im obern Kinzigtal muß, ehe das Schießpulver erfunden war, ein kriegerischer Menschenstamm gewohnt haben, denn der dritte Mensch heißt dort heute noch Armbruster. Dieser Name aber deutet hin entweder auf Armbrustschützen oder auf Armbrustfabrikanten, welch' letztere geradezu Armbruster genannt wurden. In jedem Falle aber spricht der Name dafür, daß einst im Kinzigtal viele Leute jene kriegerische Waffe bedurften und trugen.

Theodors Vater war »Schiffer«. Schiffer in Wolfe, wo es keine Schifflein gibt und wo die Kinzig selten, auch nur eine Viertelstunde weit, schiffbar ist? Und doch war des jungen Gurkendiebs Vater ein wirklicher Schiffer und verschiffte Ladungen, die heute einem holländischen Indienfahrer zu schwer wären.

Er hieß Johann, ward aber in seiner Vaterstadt allzeit von allen Wolfachern französisch tituliert und »Schang« geheißen.

Die Wolfacher waren von jeher gebildeter als ihre demokratischen Nachbarn, die Haslacher. Sie zählten stets viele Leute unter sich, die in Paris waren und französisch redeten, und besonders die Schiffer wurden durch ihre Handelsverbindungen der welschen Sprache mächtig. Darum gab es in Wolfe nur Jacques, Jeans, Charles, Laurents etc.

Der Schang vorzugsweise aber hieß Theodors Vater, der erste und angesehenste aller Schiffer. So wurden die Mitglieder der alten, privilegierten Flößerzunft in Wolfe genannt.

Graf Wolfgang von Fürstenberg, Herr im Kinzigtal, war der Gründer dieser ehrsamen Zunft und der erste Flößer nach den Niederlanden. Kaiser Maximilian I. gestattete ihm 1504, 200 Stämme ohne Zoll »an zwein Flotzen und darauf soviel pretter, als sie in oblast zu tragen mügen, nach dem Niederland zu flötzen.«

Dieser Graf gab zur Förderung seiner Residenz Wolfach deren Bürgern das Privileg und Monopol, in seiner Herrschaft allein mit Holz handeln und es verflößen zu dürfen, und untersagte beides den Bauern. Aehnlich tat bald darauf der Herzog Ulrich von Württemberg in seinen weiter oben an der Kinzig gelegenen Städtchen Schiltach und Alpirsbach. So entstanden in diesen drei Kinzigstädtchen Flößerzünfte, Schiffergesellschaften, die, bald allein, jeder Zünftige für sich, bald in Kompagnie das Flößergewerb betrieben. Ihre Gesellen waren die Floßknechte, welche, in Gespanne von 10 – 12 Mann eingeteilt, mit einem Obmann an der Spitze, im Dienste der Schifferherren stunden.

Die Bauern des Kinzigtales waren nie besonders entzückt von dem Monopol der Schifferzünfte, denen sie das Holz verkaufen und die Flöße bis in die Kinzig anliefern mußten. Doch trösteten die Schiffer die Bauern in etwas, indem sie ihnen, so oft sie nach Wolfe oder Schilte oder Alpirsbach kamen, die Zunftstuben öffneten, heizten und sie mit Essen und Trinken regalierten.

Die Schifferzunft zu Wolfe enthielt eine Summe von Poesie. Im 16. Jahrhundert war jeder Schiffer von der Herrschaft aus gezwungen, Reben anzulegen, um so dem Weinbau aufzuhelfen. Die Flößer sorgten dadurch auch für sich und ihre Knechte, da beide ein trinkbares Geschlecht waren.

Sauer muß er gewesen sein, der selbstgepflanzte Wolfacher, auf dessen Boden längst wieder Tannen stehen; aber getrunken haben sie ihn doch, die biederen Flößer und ihre Knechte, vom Morgen bis in die sinkende Nacht. Und bald mußte die Herrschaft »die schlaftrünke als ein Überfluß und unnöttige füllerei den schiffherrn und den knecht« bei ein Pfund Heller Strafe verbieten.

Der Durst aber blieb bis in unser Jahrhundert herauf, und ich kannte in meiner Knabenzeit noch manch durstigen Flößer.

Vom Frühjahr bis Martini kamen jede Woche einige »Flöze« die Kinzig herunter und an Hasle vorbei. Hab' ihnen manchmal die

Logel[1] gefüllt beim Adlerwirt oder, wie die Fuhrleute und Flözer ihn nannten,»beim Frankfurterhans«, so benannt, weil er früher als Frachtfuhrmann zwischen Frankfurt und Schaffhausen verkehrt hatte.

Vor Tagesanbruch waren sie in Wolfe abgefahren, wobei sie zuerst entblößten Hauptes ein Vaterunser gebetet und das Kreuz über sich gemacht hatten.

»Die Fahrt ins Land« nannten die Flözer den Weg von Wolfe beziehungsweise Schilte und Alpirsbach bis nach Willstätt unweit der Mündung der Kinzig in den Rhein. Eine von der Zunft mit Wein gefüllte Logel lag bei der Abfahrt auf dem Floß, und so oft sie unterwegs gefüllt werden mußte, ging es auf Kosten der Schifferherren.

Hatten sie Glück, so fuhren sie in zwei Tagen bis nach Willstätt; bei einer minder glücklichen Fahrt hatten sie eine Woche zu tun. Lohn, ob viel oder wenig Zeit gebraucht wurde, bekam jeder Knecht einen Kronentaler. Die Sperrflößer, welche die schweren Sperrklötze bedienten, erhielten einen Gulden Zulage als Sperrgeld.

Blieben sie an einem Orte liegen, sei es aus Wassermangel oder weil der Steuermann auffuhr, so war bei der vielen Mühe, den Flöz loszubringen, der einzige Trost die Logel, welche der jüngste Flößer füllen lassen mußte, wenn keine Buben um den Weg waren.

Wir Buben in Hasle kannten die Flößer alle am Dialekt. Die Schiltacher und die Schenkenzeller, welch letztere die Flöße der Alpirsbacher Schiffer brachten, schwäbelten weit mehr als die von Wolfe, die Schiltacher am stärksten.

Die durstigsten waren die von Wolfe, die derbsten die von Schilte. Diese waren aber auch Kraftgestalten, und ihren prächtigen, stark schwäbischen Dialekt hörte ich am liebsten, lieber als den alemannischen meiner Heimat. Einzelne Schiltacher waren Schiffer und Flößer zugleich, so der Glaser-Christof, der Glaser-Ulrich und des Salzbecken Abraham. Flözerknechte, deren Namen ich oft hörte, waren der Huber am Roa (Rain), der Roa-Wöhrle, der alt' Grenadier, 's Groschupen Kanonier und der G'west. Die letztern drei wa-

---

[1] Ein längliches, fäßchenähnliches Gebinde mit einem Röhrchen zum Trinken.

ren Soldaten aus den napoleonischen und den Befreiungskriegen.»I bin in Frankreich g'west,« sprach stolz und vornehm der Flözer Andreas Trautwein; drum hieß er »der G'west«, so lange er durch die Kinzig dem Rhein zufuhr. Zu den genannten zählten noch der Salpeter-Christi, der Lehbeckle, der Sammel-Isaak, der Duschi, der groß' Bombis und der klei' Bombis. Der Salzbeck, der Brünnelihafner, 's Nagelschmieds Hans, der Stegbeck verließen zur Floßzeit ihre Werkstätten und flözten.

Der derbste war der rot' Jos, dessen Haare schon weither leuchteten, wenn er auf dem Floß daherfuhr und wir Buben auf der Kinzigbrück zu Hasle stunden. Ihm riefen wir im Schiltacher Dialekt zu:»Rauter, hausch ou scho a Schoppe ghau heit?« Da schimpfte der Jos teufelmäßig, während er unter der Brücke durchfuhr.

Kamen Schiltacher Flözer ohne den Roten, so machten wir sie wild, indem einer von uns hinunterlief:»Flözer, wo haunt ihr den Raute glau?«[2] Sie wurden jeweils teufelswild und wetterten:»Gau hoim, dau[3] Esel dau oder dau kriegst a Stange auf dei Eselskopf nauf gschlage!« Oder:»Gau hoim und b'schau dei Muatter, des isch au a raute!«

Die Schiltacher ließen uns Buben nicht leicht mitfahren, während die von Wolfe und Schenkenzell, wenn wir die Logel füllten, gerne ein Stück weit uns mitnahmen, uns Buben ein Hochgenuß, von dem ich in meinen Erinnerungen aus der Jugendzeit gesprochen habe.

Die Schenkenzeller hatten allein noch das uralte Privileg der Flößerknechte, das darin bestund, daß abwechselnd jeder auf seine Rechnung auf dem Floß eine Partie Bretter mitführen durfte, mit denen er dann Handel trieb. Es hieß dieses Privileg »der Katzenfloz«. Wie eine Katze auf dem Tisch, so lag der kleine Floz des Knechts auf dem großen seines Herrn, daher der Name.

Zu den Schenkenzellern gehörten in meiner Knabenzeit der Flözer-Nazi, der Flözer-Xaveri, der Flözer-Karle, der Schmider am Tannensteg, der Almend-Basche, der Salesi uf'm Almend und der Bachvogt Wolber im Wolbersloch.

---

[2] Wo habt ihr den Roten gelassen?

[3] Gau = geh', dau = du.

Von diesem Bachvogt geht heute noch ein geflügeltes Wort durchs obere Kinzigtal. Als einst ein Floß aus dem Kaltbrunn im Reinerzauer Bach lag, der bei Schenkenzell in die Kinzig mündet, und nicht in diese geschafft werden konnte, weil er »nicht laufen« wollte, kam ein anderes Floß aus dem hinteren Tal des Baches daher und konnte, da dieser zu schmal war für zwei Flöße und der erste still lag, nicht passieren.

Da erschien der Amtmann Fernbach von Wolfe mit dem Bachvogt Wolber und fragte diesen, ob man nicht den hinteren Floß über den vorderen wegfahren lassen könne. Nun legte der Vogt vor allen Flözern seinen Zeigfinger auf die Stirne, schaute den Amtmann an und sprach:»O, wie dumm, Herr Amtmann!« Seitdem, wenn einer was recht Gescheites sagt und der andere begreift's nicht, heißt's im oberen Kinzigtal:»O, wie dumm, Herr Amtmann!« –

Ich sah in meiner Knabenzeit auch manch Flößergespann auf seiner Heimkehr vom Rhein herauf beim Frankfurterhans einkehren und trieb mich bei ihnen in der Wirtsstube herum, denn die Adlerwirtin war meine Göttle (Patin), und ich hatte deshalb freien Zutritt.

Hatten sie gute Fahrt gemacht, die Wald- und Wasserleute, so fuhren sie auf einem Leiterwagen daher: hatten sie lange Fahrt gehabt und wenig verdient, so kamen sie zu Fuß das Tal herauf, ihre gewaltigen Aexte auf der Schulter und daran die Tauringe hängend. Es waren lauter wetterharte Männer, die im Winter im Wald, im Sommer auf dem Wasser ihr Leben zubrachten.

Unter ihnen befanden sich von den Wolfachern der Turm-Sepple oder Turmpuberle, weil er auf dem Schloßturm zu Wolfe wohnte und zugleich Nachtwächter war, der vom Turm herab die Stunden pubte; dann der Grete-Hans, Hans Trier, nach seiner Frau, die Grete hieß und im Hause das Regiment führte, so benannt; der Muserle, welcher in freien Zeiten Mäuse fing; der Kohli und der Longinus. Der letztere war Obmann eines Gespanns und beim Flözen stets mit heiler Haut davon gekommen, verunglückte aber auf der Eisenbahn. Er stieg einst zu Offenburg in den Zug, um heimzufahren; da fielen ihm die Flözerstiefel aus den Händen und auf den Bahnkörper. Er will sie aufheben, als der Zug sich eben in Bewegung setzt, und wird zermalmt.

Einer der Wolfacher hieß der Birekorb und ein anderer der Russ', weil er einer der wenigen gewesen war, die, mit Napoleon nach Rußland gezogen, heimkehrten. Der Russ' hieß nach seinem Vornamen auch der »Remigi«.

Dieser, schon ein älterer Mann, kam in meiner Knabenzeit einmal bei Steinach unter das Floß. Da es lange ging, bis seine Kameraden ihn wie leblos unter demselben hervorbrachten, so hielten sie ihn für tot. Der Muserle schrie ihm noch in die Ohren:»Remigi, glaubst du an die heiligste Dreifaltigkeit?« Der Remigi schwieg, und jetzt erklärte ihn der Muserle für maustot. Sie holen im Dorfe Steinach einen Karren, legen ihn darauf und führen ihn zum Adlerwirt in dessen Hausflur. Die schweren Flößerstiefel müssen aber dem toten Remigi ausgezogen werden. Doch sie sind zu naß und halten zu fest am nassen Leib und gehen nicht. Der Birekorb meint:»Wir schneiden sie auf!« Das hört der Remigi und ruft plötzlich:»Laßt mir meine Stiefel ganz!«»Er lebt, er lebt!« schreien jubelnd die Kameraden, bringen den Russen in ein warmes Bett und am andern Tag ist er wieder kreuzfidel und hat noch manchen Flöz ins Land gefahren und manchen Schoppen getrunken beim Frankfurterhans. Aber er mußte noch oft hören:»Remigi, glaubst du an die heiligste Dreifaltigkeit?« Und wenn die Wolfacher Flößer in Hasle durchfuhren, gab es böse Buben genug, die ihnen zuriefen:»Glaubt ihr an die heiligste Dreifaltigkeit?« –

Die Flözer wußten immer was zu erzählen, wenn sie zum Frankfurterhans kamen, und ich höre diesen jetzt noch lachen, und lachen konnte der dicke Hans, daß die Fenster zitterten.

Einmal war der Flößer und Seiler Oberle von Wolfe als Steuermann unterhalb Offenburg in einen Winkel des Flusses gefahren, und es hatte »Haufen« gegeben, d. h. die hinteren Gestöre waren auf die vorderen geworfen worden.

Das gab viele Arbeit, den Flöz wieder flott zu bekommen, und seine Mitflözer schimpften den Oberle, weil er so schlecht gerudert habe. Der aber, ein älteres »Male«, meinte:»Wenn alle zwölf Apostel am Ruder gestanden, wären sie in den Winkel gekommen.« Fortan hieß jene Krümmung bei den Flözern der Apostelwinkel, ein Name, den der Oberle nicht gerne hörte.

In Willstätt angekommen, wurde der Flöz den dortigen Flößern übergeben, die ihn bis Kehl führten. Die Kinzigtäler aber erhielten auf Rechnung der Schifferherren ein flottes Mahl im Adler oder in der Krone, und dann ging's wieder landaufwärts, um einen neuen Flöz »einzubinden« und abermals ins Land zu fahren.

Die schönste Fahrt alljährlich war die letzte – um Martini. Bei dieser bekam ein jeder der braven Männer, die seit Frühjahr so manche Todesfahrt gemacht, nach der Flözerzeche von der Wirtin zum Abschied einen Strauß auf den Hut, die Schifferherren ließen sie auf ihre Kosten heimführen, und an allen Stationen das Kinzigtal hinauf erhielten sie von jedem Wirt, bei dem sie während der Flößzeit eingekehrt, einen Freitrunk.

Das war eine Flözerleistung, von Willstätt bis Wolfe, 12 Wegstunden weit, sich durchzu–trinken. Die Flößerknechte selbst hatten das Sprichwort: »Nach der letzten Fahrt gibt's a Strüßle und a Rüschle.«

Aber die Wackeren vergaßen an jenem Tag auch Weib und Kinder nicht; jedes bekam ein »Martini-Krämle«, wenn der Vater heimkam von der letzten Fahrt, denn Mutter und Kinder hatten, ehe sie zu Bett gingen, das Jahr über manch ein Vaterunser gebetet, auf daß der Vater glücklich heimkomme von der gefährlichen Fahrt ins Land.

Wenn dann die Nebel über die Wälder des oberen Kinzigtals hinzogen, die Meisen an die Fenster kamen und den Winter ankündigten, zogen die Flößer als Holzmacher ins Tannengrün, fällten die Bäume für die Flöze des kommenden Frühjahrs und erzählten sich beim Waldfeuer von den Flözerzechen und den guten Trünken des Sommers.

Die durstigen und lustigen Wasserleute wurden bis zum Frühjahr genügsame Waldleute, und der alte Remigi tröstete sie, wenn's recht kalt war im Walde und Eiszapfen an den Tannen hingen, mit der Schilderung seiner Strapazen auf den Eisfeldern Rußlands.

War das Poesie oder nicht? Jetzt wanken die Leute im Kinzigtal matt und blaß und krank aus den Fabriken, und die schöne Flößerzeit ist nicht bloß im Heuwich, sondern auch auf der Kinzig, wo sie noch etwas länger lebte, tot.

Selbst die derben, massiven Schiltacher Flößer haben der in ihrer Volksseele gelegenen Poesie nicht zu widerstehen gewußt und gefühlt, was sie begruben, da sie 1894 den letzten Flöz das Kinzigtal hinabführten. Drum haben sie ihn mit grünen Tannen besteckt, diese Tannen mit schwarzem Flor behangen und auch sich und ihre Stangen und Aexte mit der Farbe der Trauer umschlungen.

Wehmütig fuhren sie so den Fluß hinab, noch wehmütiger kehrten sie heim, denn auch ein Flözer ist ein Naturkind, und Naturkinder fühlen es, wenn jene Göttin irgendwo stirbt, deren Namen sie nicht einmal verstehen, deren beseligendes Wehen sie aber inne werden in ihrer Volksseele. –

heute leben die braven Flößer, diese tapferen Wald- und Wasserleute, nur noch im Sprichwort:»Grob wie ein Flözer.« Als ob Leute sein sein konnten, die keine Zahnstocher und keine Zündhölzer, sondern Tannenbäume transportierten und jahraus jahrein in Wasser und Wald in Todesgefahr standen!

Wahrlich, mir ist ein derber, grober, ehrlicher Flözer lieber, als ein hohlköpfiger, faulenzender Gigerl und Komplimentenmacher. Und ich habe deshalb immer gerne gehört, wenn vor Jahren mein Landtagskollege Hofrat Buß, auch ein Kinzigtäler, mich wegen meiner großen Gestalt, wegen meines großen Hutes und wegen meiner »derben Bauernnatur« stets nur »den Flözer« nannte.

Mir waren die Flözer von Jugend auf liebe Leut', und so oft ich in späteren Jahren noch solche die Kinzig herabfahren sah, hab' ich mich gefreut und freue mich jetzt, ihnen und ihren Schifferherren hier ein kleines Denkmal setzen zu können.

Und drum wieder zurück zum Schiffer-Schang und zu seinen großen Taten und Fahrten.

2.

Zu der Zeit, da ich als Knabe die Flößer bediente und bisweilen auch reizte, war der Schang wohl das angesehenste Haupt aller Schiffer im Kinzigtal, und wenn er nach Hasle kam und beim Frankfurterhans, seinem Schwager, vorfuhr, hatte alles Respekt, als ob ein Fürst käme. Er war aber auch ein Wald- und Holzfürst und ein kreuzbraver Mann alten Schlags.

Aus alter Schifferfamilie stammend, trat er in des Vaters Fußstapfen und wurde auch Schiffer. Aber diesen Namen mußte man bis in die letzte Zeit der Flößerei verdienen. Die Lehrzeit dauerte drei Sommer, und der zukünftige Schifferherr mußte alle Arbeiten der Flözer praktisch mitmachen und daneben noch sich üben im kaufmännischen Wesen.

Der Schang wurde ein Flözer allererster Güte, aber er hatte dazu auch die nötige Kraft und Körperstärke. Drum wurde er neben dem Namen Schang in seinen jüngeren Jahren auch »der starke Hans« genannt.

Seine Freude war es, mit seinen Flößern eine Fahrt »ins Land« zu machen. Aber er tat noch mehr. Oberschiffermeister der Schifferschaft von Wolfe geworden, fuhr er mit den Riesenflößen auch den Rhein hinunter nach Holland.

Zu Anfang des 18. Jahrhunderts waren die ersten Holländer ins Kinzigtal geritten gekommen und hatten auf große Tannen und Eichen gefahndet zu Schiffsbauten. Damit begann der Handel nach Holland, während früher die Schifferschaften vom Kinzigtal nie weiter als bis Bingen, höchstens bis Köln gefahren waren.

Die Flößergespanne des Kinzigtals gingen nur bis Willstätt, die Willstätter nur bis Kehl, die Kehler bis Steinmauern bei Rastatt, die von Steinmauern bis Mannheim und die Mannemer bis Köln, wo Holländer Steuerleute eintraten. Ein Obmann der Schifferschaft aber geleitete das Floß bis nach Holland.

Eingebunden wurden die Rheinflöße aus mehreren Kinzigflößen in Kehl, und mit einer Bemannung von 40 - 50 Personen ging's flußabwärts.

Ein Ober- und ein Untersteuermann kommandierten. Sollte das Floß rechts geleitet werden, so rief der Kommandierende:»Hessenland!« – sollte es links gehen:»Frankenland!«

Nachts durften diese kolossalen Flöße nicht schwimmen; an bestimmten Plätzen wurden sie verankert, und die Flözer übernachteten in einer auf dem Floß errichteten Hütte.

Als Oberschiffermeister und Kapitän begleitete der Schang von Wolfe manch einen Flöz bis hinab nach Amsterdam. Und an gefahrvollen Stellen übernahm er, der starke, gewandte Schiffer, selbst entweder das Kommando oder das vordere Steuerruder.

Gar oft erzählte er in seinem Greisenalter noch, wie er einmal im Angesicht der Bürger Kölns unter großer Gefahr durch die dortige Rheinbrücke gefahren sei.

Es war Vorschrift, daß die Flözer oberhalb der Stadt anhielten und auf einem der Kähne, die sie auf dem Floß mit sich führten, einen Mann nach Köln vorausschickten mit der Meldung, es sei ein Floß im Anzug, damit die Schiffe im Hafen sich darnach richten konnten.

Eines Abends kam unser Schang mit einem Floßungeheuer von mehr denn 2000 Fuß Länge gen Köln angefahren, um oberhalb der Stadt seine Riesenschlange übernachten zu lassen. Die Anker wurden versenkt, faßten aber keinen Grund, und der Strom trieb das Floß abwärts der Stadt zu.

Jetzt sandte Kapitän Schang alsbald einen diplomatischen Agenten ans Land in Person des *Dr.* Duttlinger, eines geborenen Wolfachers, der in seiner Vaterstadt praktischer Arzt und durch seinen Vater in die Schifferzunft gekommen war.

Er wollte auch einmal die Rheinreise mitmachen und hatte den Oberschiffermeister begleitet als Kassier. Ihn sandte nun der Schang mit der Kasse ans Land, damit diese sicher wäre und damit der Doktor mit Extrapost nach Köln fahre und Alarm schlage, daß ein durchgebranntes Floß im Anzug sei gegen die Rheinbrücke.

Die guten Kölner ließen sofort die Not- und Sturmsignale geben, als der Sohn des Aeskulap mit seiner Schreckensbotschaft ankam, vergaßen aber im Schrecken nicht, dem Boten seine Flößerkasse abzunehmen als Deckung für den allenfallsigen Schaden.

Der Magistrat, eben bei einem Balle, stürzt dem Rhein zu und ihm nach die Bürgerschaft. Die Brücke und die Schiffe werden beleuchtet und mit banger Ahnung dem kommenden Kinzigtäler Ungeheuer entgegengesehen.

Der Obersteuermann, ein Mannemer, welcher das Kommando übernehmen sollte, hatte sich versteckt und war auf dem ganzen Floß nicht zu finden. Die Angst, nicht durch die Brücke zu kommen, ohne die rechts und links im Fluß liegenden Schiffe zu gefährden, hatte ihn verschwinden gemacht.

Da übernahm der Schang von Wolfe das Kommando und – Hessenland! Frankenland! rief er den Männern am Steuerruder zu und bugsierte sein gewaltiges Floß glücklich zwischen den Schiffen und den Pfeilern der Brücke durch. Ein allgemeines Bravo der Kölner, die auf der Brücke und an den Ufern standen, belohnte den wackeren Schiffer. –

In Amsterdam angekommen, wurden die Riesenstämme des Floßes jeweils einzeln oder in kleinen Partien»auf den Abstreich« versteigert, was der Schang gleichfalls zu besorgen hatte.

So oft er nach Holland fuhr, blieb er 10 - 12 Wochen aus und dann, so erzählt heute noch sein Sohn Theodor, mußten seine Kinder, 14 an der Zahl, jeden Abend mit der Mutter einen Rosenkranz beten um glückliche Heimkehr des Vaters.

Die Kinder großer Handelsleute, welche während der Reisetouren des Vaters mit der Mutter jeden Abend zu Gott bitten, damit der Vater glücklich wiederkehre, sind heutzutag zu zählen, oder richtiger, es gibt keine mehr.

Der heutige Reisepapa ist in der Unfallversicherung für viele Tausende, und wenn ihm was passiert, ist seine Familie»fein heraus«. Wozu also beten?! –

Der Tag der Heimkehr des Wolfacher Schiffers aus Holland wurde den Kindern leiblich jeweils dadurch versüßt, daß sie an diesem Tage, sonst nie, Kaffee bekamen. Die älteren Söhne aber durften mit dem Vater einen Kalbskopf essen, eine Delikatesse, die den jungen

Theodor öfters zu der Frage trieb: »Gell' Vater, wenn ich einmal groß bin, bekomm' ich auch Kalbskopf?« Ein solcher kostete damals sechs Kreuzer.

So billig, so einfach und so genügsam waren die Menschen im Familienleben der guten, alten Zeit selbst an Festtagen.

War der Schang daheim von seiner weiten Reise, so kamen die kurzen Touren in alle Teile des nördlichen Schwarzwalds und in alle Wälder desselben, um wieder Flöße zu bekommen und ins Land fahren zu können: denn die Schifferschaft Wolfe fuhr damals alljährlich, schwere Kriegszeiten ausgenommen, mit etwa 100 Flößen die Kinzig hinab und dem Rhein zu, keiner unter 1500 Fuß lang.

Dabei fand der wackere Mann noch Zeit, in einem zierlich geschriebenen Tagebüchlein alle Zeitereignisse, Witterungswechsel, Preise der Lebensmittel und anderes niederzuschreiben.

In ihm erzählt er, wie er in Kehl gewesen sei, als Napoleon von Straßburg her in den russischen Feldzug abging. Die Pferde hatten, als der Kaiser in Kehl weiter fahren wollte, den Wagen nicht mehr ziehen wollen.

Leute, darunter der starke Schang, schoben den Wagen weiter, und es ging einige Zeit, bis die Pferde wieder anzogen. Das Volk sagte: »Das bedeutet Unglück. Diesmal geht es nicht gut!«»Und so war es auch,« schließt der Schiffer von Wolfe.

Auch von den Russen erzählt der Schang, wie sie in Wolfe mitten im Winter von 1813 auf 14 im Freien kampiert und im eisigen Kinzigwasser gebadet, aber auch pro Mann und Tag eine Maß Schnaps und drei Pfund Fleisch verlangt hätten.

Der Mann, welcher, unermüdlich tätig, mit Tannen handelte und den Holländern ihre Mastbäume und ihr Schiffsbauholz lieferte, handelte aber auch noch, was man nicht glauben sollte, mit Schmucksachen. Er ließ im Bunde mit einem Bürger von Wolfe und einem solchen von Waldkirch Granaten schleifen und trieb damit einen schwunghaften Handel nach Italien.

Einem braven Mann gehört auch ein braves Weib, und das hatte der Schang gefunden. Da er in jüngeren Jahren mit seinem Vater, von den Flußfahrten heimkehrend, mit der Post fuhr, sah er öfters in Husen des Posthalters Töchterlein, die Marianne. Doch nicht allzulang sah er sie, ohne sich ihr zu nähern. Als er von einer der letzten Fahrten des Jahres 1805 heimkehrte, traf er sie an einem Sonntagabend im Garten und warb frischweg um sie. Wenige Monate später, im Februar 1806, beide waren zusammen noch nicht 40 Jahre alt, hielten sie Hochzeit. Heute steht auf ihrem Grabstein auf dem einsamen Kirchhof von Wolfe:»Sie lebten in Eintracht 59 Jahre und 271 Tage.«Und ihr Sohn, der Theodor, schreibt:»Meine Eltern waren fromme, gute, gottesfürchtige Leute; nie hörten wir zwischen ihnen ein unfriedliches Wort. Sie waren wohltätig gegen Arme und Kranke.«

Es gehört eine brave Mutter dazu, sechs Buben und acht Maidle zu erziehen, wenn der Vater meist fern der Familie ist. Aber sie konnte es, die Marianne von Husen; sie hielt die Kinder an zum Arbeiten und zum Beten, und wenn sie nicht folgen wollten, da gab's, so sagt ihr Sohn Theodor,»Bumbes mit einer achtriemigen Karwatsche.«

Der Vater wurde 87 Jahre alt, die Mutter starb im achtzigsten, und sie sahen, so lange sie lebten, gute, brave, dankbare Kinder um sich.

Wie viel poetischer Sinn aber in dem starken Schiffer und Flößer Schang, der nur einmal im Leben sich übertrunken, wohnte, davon nur ein Beispiel. Als er im Jahre 1805 im Garten zu Husen um seine Frau warb, trug sie ein schönes Mieder von gelbem Damast mit eingestickten Blumen. Dieses Mieder bewahrte er zum Andenken an seinen Werbetag auf, so lange er lebte, und übergab es bei seinem Tode seinen Kindern als Familienstück.

Die Tatkraft, die Energie und die Poesie des Vaters Schang aber ging über auf den jüngsten seiner Buben, auf Theodor, den Seifensieder.

3.

Die Adlerwirtin von Hasle, welche mich aus der Taufe hob, war in den ersten Jahren ihrer ersten Ehe kinderlos. Drum erbat sie sich eines der Kinder ihrer älteren Schwester, der Frau des Schiffers Schang in Wolfe.

Diese brachte ihr eines Tages einen frischen, rotbackigen und blauäugigen Knaben von fünf Jahren. Der erste Mann meiner Taufpatin und der Tante des nach Hasle versetzten kleinen Wolfachers war ein Metzgermeister und hieß im Städtchen nach seinem Vornamen nur der Vinzenz. Derselbe trug an Sonntagen mit Vorliebe enganliegende, gelbe Hosen.

Diese Hosen imponierten dem kleinen Wolfacher so, daß er eines Tages dem Vinzenz, der arglos zum Fenster hinausschaute, in dieselben hineinbiß, so kräftig, daß derselbe laut aufschrie.

Infolge dieses Attentats mußte der kleine Menschenfresser wieder heim, da der Onkel Vinzenz keinen Buben im Hause haben wollte, der ihm in seine gelben Lieblingshosen und in sein eigen Metzger-Fleisch biß.

Kaum war der Bursche wieder daheim, so gingen seine Streiche von neuem los. Seine Patin war eine Bäckersfrau in Wolfe. Die besuchte er, ehe die Schulzeit ihn beschäftigte, öfters. Eines Tages trifft er im Hausgange eben aus dem Ofen gekommene »Spitzwecken«, auf einem Brett versammelt, um gekühlt zu werden.

Flugs macht sich der Hosenbeißer an diese Wecken und beißt jedem seinen Charakter, die beiden Spitzen, ab. Als er eben mit dem letzten fertig war, kam die »Göttle« und sah, was ihr Patenkind angerichtet.

In die Schule gekommen, zum alten Lehrer Sauter, der noch Kniehosen, weiße Strümpfe und Schnallenschuhe trug und tüchtig dreinschlug, zeigte Schangs Jüngster alsbald auch hier seine Wildheit. Wenn der Lehrer ihn auf die Kniee nahm, um ihn abzustrafen, pfetzte er den dicken Magister derart in seine weißen Strümpfe, daß er aufschrie und den jungen Bengel von sich warf.

Daß wilde Buben aber meist tüchtige Kerle sind, zeigte Schangs Theodor schon in der Schulzeit.

Er war nicht bloß der erste in Wolfe, welcher Schlittschuhe lief, die ihm sein Vater heimgebracht, und lernte es allein, da niemand es ihm vormachen konnte, er rettete auch als 12jähriger Knabe zweien seiner Schulkameraden das Leben.

Eines Tages zur Sommerszeit war er von der Schule weg an die Kinzig zum Baden gelaufen. Beim kleinen »Gießenteich« angekommen, hörte er andere Knaben rufen: »Der Sepple versauft!« Richtig lag der Sepple schon in der Tiefe des »Gumpens« leblos am Boden. Wer hinunterstürzt, den Sepple herausbringt, ihn am Ufer mit dem »Nastuch« reibt, bis er zum Leben kommt, ist Schangs Theodor.

Den Sepple lernte ich später auch kennen. Im Sommer 1864 litt ich als jugendlicher Lehramtspraktikant, noch des vielen Sprechens ungewohnt, an Heiserkeit und besuchte das damals erst entstandene Kiefernadelbad zu Wolfe. Ich wohnte im Pfarrhaus bei dem mir befreundeten Pfarrer Kuttruff. Sein Sakristan aber war der Sepple, dem Schangs Theodor das Leben gerettet, ein stiller, bescheidener Mann, seines Berufes ein Schneider.

Hatte er als Mesner nichts zu tun, so saß er am Fenster seines alten Häuschens neben der Kirche und schneiderte emsig und unverdrossen.

»Gute Morge, junger geistlicher Herr, habt Ihr ou guot g'schlofe?« Mit diesem Gruß empfing er mich jeden Tag, wenn ich in die Sakristei trat, der blasse, stille Schneidersmann, dem ein Häuflein Kinder bei seinem geringen Verdienst viele Sorgen machte.

Nach dem Gottesdienst sprach er mir bald von den vielen Fremden, die jetzt nach Wolfe kämen, um im Bad sich zu heilen und zu »verlustieren«, bald von meinem Großonkel, der in Wolfe Pfarrer gewesen war und an den er sich noch dunkel erinnerte und von dem er viel erzählen gehört. Darnach, so meinte er, sei meines Großvaters Bruder »so lustig und so gesprächig gewesen, wie ich«.

Da er einmal hörte, ich wolle am Sonntag predigen, gab er mir, bescheiden, wie er war, die Lehre, ja nicht »so wüst zu machen« auf der Kanzel, wie andere junge Herren: denn die Wolfacher schimpften sonst, und es täte ihm, dem Sakristan, leid, wenn die Leute über mich, für den er eine Vorliebe habe, räsonierten.

Seit jener Zeit hörte ich nichts mehr von dem braven Schneider und Sakristan. Da suchte ich 1895 einmal einen Privat-Korrektor unter den Korrektoren des Hauses Herder in Freiburg, und siehe da, eines Abends trat ein bescheidener, junger Mann ein und entpuppte sich nach wenig Fragen als den Sohn des alten Mesners Fehrenbach von Wolfe, Er erzählte mir, sein Vater habe schon vor zwanzig Jahren das Zeitliche gesegnet und er selbst wohne mit der Mutter und den Geschwistern seit Jahr und Tag in Freiburg. –

Neben dem Sakristan strahlt mir aus jenen Tagen noch die Gestalt der Nichte des Pfarrers entgegen, der Resi, eines bildschönen Mädchens, aus dessen blauen Augen und aus dessen goldigem, lockigem Haar einem ein ganzer, heiterer, reiner Frühlingshimmel entgegenleuchtete.

Mit der Resi unterhielt ich mich vom Sakristan weg beim Kaffee und freute mich ihrer Empfindlichkeit, eine Eigenschaft, die allen weiblichen Wesen eigen ist, die wissen, daß sie schön sind.

Sie ist jetzt auch längst tot, die schöne Resi, erlöst von schweren Leiden. Ihr greiser Onkel aber, eine vornehme Natur, amtet heute noch als Pfarrer und Dekan droben im Hegau.

Am Abend ging ich damals mit ihm zum »Benjamin«, wo die Herren und die besseren Bürger von Wolfe, unter ihnen Theodor, der Seifensieder, ihr Bier tranken und kannegießerten.

Wenn ich heute an meine damalige Lebenslust denke, so kann ich's gar nicht begreifen, wie ich früher so sein konnte, so gedankenlos und überall nur Himmel und Baßgeigen sehend.

Wahrlich, wir Menschen müssen nicht bloß vierzig, nein fünfzig und sechzig Jahre alt werden, bis wir recht zu uns kommen und erkennen, was Welt und Menschenleben für armselige Dinge sind! Vorher macht sich der Geist nicht los, um seiner Kraft und des menschlichen Elends bewußt zu werden. – Des Schangs Theodor rettete nicht bloß einen zukünftigen Schneider unter eigener Lebensgefahr vom Wassertode, sondern auch einen zukünftigen Schuster, der Meinrad Moser hieß und sein Schulkamerad war.

Auch den hat der Tod jetzt schon längst geholt.

Für beide Taten wurde der wilde Theodor in der Schule öffentlich belobt, welches Lob ihn aber nicht abhielt, bald wieder einen Streich zu spielen, von dem das ganze Städtle reden sollte.

Vor dem untern Tor zu Wolfe erhebt sich der »Käpflefelsen«. Auf diesen transportierte Schangs Jüngster eines Tages mit einigen Gesinnungsgenossen einen ausgestopften Strohmann, stellte ihn auf die Spitze des Felsens und schrie nun mit den andern aus Leibeskräften, damit die Leute vom Städtle heraufschauten. Alsdann stürzte er den Strohmann vom Felsen herab, so daß die Zuschauer unten glaubten, es sei einer der Knaben hinabgestürzt worden. Von Schrecken erfaßt eilen die besorgten Leute an dem Felsen hinauf, um – einen toten Strohmann zu finden.

Kein Baum und keine Tanne war dem starken, großen Knaben zu hoch, wenn es galt, Raubvogelnester im »Siechenwald« auszunehmen, und keine Woche verging ohne einen Jugendstreich, und die Karwatsche der Mutter fand an ihm ihr häufigstes Objekt.

Aber wenn er in der Kirche als Choralbube mit seiner schönen, kräftigen Knabenstimme sang, versöhnte er jeweils wieder den Schulmeister, die fromme Mutter und die andächtigen Wolfacher.

Was mich noch aus der Knabenzeit unseres Theodor anmutet, ist sein Sammeln von altem Eisen auf den Straßen und Plätzen seiner Vaterstadt. Einige zwanzig Jahre später als er trieb ich das gleiche Metier. Jedes Stückchen altes Eisen, jeder Nagel wurde aufgehoben, bis ein Pfund beisammen war und es dann für 2-3 Kreuzer an einen Schmied oder Schlosser verkauft werden konnte. Mit Vorliebe trieben wir uns vor Schmieden herum, wo Rosse beschlagen wurden, und gruben zwischen den Pflastersteinen alte Hufnägel, von uns »Roßstumpen« genannt, aus der Erde.

So mühsam mußten sich Knaben vor sechzig und mehr Jahren ihr »Taschengeld« verdienen! Wir hatten oft monatelang zu sammeln, bis ein Pfund altes Eisen beisammen war, und dann war im besten Falle ein Groschen unsere Beute.

Während aber Schangs Theodor seinen Groschen in die Sparbüchse tat, wanderte der meinige zur alten »Zuckerbäckin« oder zu »Stubenwirts Alise« für eine Meise, –

In Wolfe und der Umgegend war kein Seifensieder. Lichterzieher gab es wohl, aber keinen Seifenfabrikanten; darum beschloß der Schiffer Schang, trotzdem er ein Schifferherr und Granatenhändler war, seinen Jüngsten zum Seifensieder zu machen. Die älteren Brüder, soweit sie noch lebten, waren bereits in der Schifferschaft oder im Granaten- und Uhrenhandel untergebracht.

Der Theodor gab des Vaters Wunsch gerne nach und hat es nie bereut, obwohl die Seifensiederei ein schwerer und nicht sehr poesievoller Beruf ist. Daß die alten Seifensieder diesen ihren Beruf dennoch, wie wir bald sehen werden, poetisch zu gestalten wußten, macht ihnen alle Ehre.

Vater Schang sah sich nach einem Lehrmeister um, mußte aber, da in der Nähe keiner von der gesuchten Zunft sich fand, in die Fremde und kam bis nach Rastatt.

Hier rückte der Theodor im Frühjahr 1830 – als Seifensiederlehrling ein. Aber es ging ihm dabei viel schlechter als 22 Jahre später mir in der gleichen Stadt. Der Meister war ein Trunkenbold und die Meisterin dem Trunke hold, so daß der Wolfacher Natur- und Waldbube zwischen den täglich sich streitenden, sich prügelnden und sich betrinkenden Meistersleuten ein wahrer Märtyrer wurde und außerdem nichts lernte. Er schrieb seinem Vater, in welche Grube er seinen Sohn getan. Der Schiffer kam, untersuchte die Sache und brachte seinen Sprößling alsbald nach Karlsruhe zu einem Seifensieder, der Kiefer hieß und zugleich Stadtrat war und, wie der Theodor in seinen Memoiren beifügt, – von freisinniger Richtung beseelt, was auch keine Kleinigkeit war für einen Seifensieder jener Zeit.

Diese Richtung überkam der Lehrling auch vom Meister samt allen Kenntnissen in der Lichter- und Seifenfabrikation. Aber des Meisters Vorbild im Freisinn genügte dem Lehrjungen nicht. Er ging auch, so oft er Zeit hatte, als Zuhörer in die zweite badische Ständekammer und damit in die hohe Schule des echten, wahren Liberalismus jener Jahre, hier hörte er Männer, wie Rotteck, Itzstein, Welcker, Duttlinger, im echten Sinne des Wortes für Freiheit eintreten.

Und hier wurde Theodor, der Seifensiederlehrling, so begeistert für die liberale Sache, daß er sein ganzes Leben hindurch ihr treu blieb, selbst in jenen Tagen, da der badische Liberalismus von dem eines Rotteck und Genossen viel weiter entfernt war, als Wolfe von Karlsruhe. –

Daß Schangs Theodor kein gewöhnlicher Seifensiederlehrling war, bekundete er auch dadurch, daß er, als der Winter kam, Tanzstunden nahm und Tanzkränzchen »in guter und besserer Gesellschaft besuchte«.

Heute würde ein angehender Seifensieder, der von seinem Talgkessel weg zur Tanzstunde käme, in der Residenz und in jeder größeren Stadt von der »besseren« Gesellschaft exkommuniziert werden.

Aber in jenen Tagen hatte das Handwerk noch einen goldenen Boden, und man glaubte noch nicht an die große Irrlehre, daß zu den besseren Leuten nur die Gebildeten und höchstens noch die Kaufleute gezählt werden dürfen.

Schuster-, Schneider-, Seifensieder- und Schlosserlehrlinge gehören heutzutage zum Plebs und Proletariat und sind Menschen, welche die »bessere Gesellschaft« sich vom Leibe hält.

Ich fürchte nur, es kommt die Zeit, wo die »Damen« aus besseren und besten Ständen mit den Proletariern werden tanzen *müssen*, während blutig aufgespielt wird. Wir haben schon einmal eine solch' grausige Zeit erlebt. Ich glaube, sie hieß die große französische Revolution. –

Noch ließ der Schiffer Schang seinen Jüngsten in Karlsruhe auch soust noch ausbilden, indem er ihm durch den Oberlehrer Neff Stunden geben und ihn in allem unterrichten ließ, was ein künftiger Geschäftsmann wissen soll.

Nach zweijähriger Lehrzeit wurde der Theodor in üblicher seifensiederlicher Art von drei Gesellen freigesprochen. Diese poetische Feier geschah »im Ritter« zu Karlsruhe in folgender Weise: Auf dem Tisch der Zuuftstube stund ein Kruzifix und daneben zwei brennende Talglichter, sowie der Ehrenzunftbecher.

Die drei Gesellen saßen um den Tisch, ein jeder die drei oberen Knöpfe seines blauen Tuchrockes geschlossen, vor sich den zunftüblichen Zylinderhut und darunter die Handschuhe. Der Rand des

Zylinders mußte dabei mit den beiden Daumen gefaßt werden. Nun hatte jeder der drei Gesellen anzugeben, wo er zum Gesellen gemacht worden sei, welche »Kollegen« dabei waren und welchen Zunftspruch er als den seinen gewählt habe. Diese Angabe war stehend zu machen, ohne daß die Daumen vom Zylinder weggenommen werden durften.

Beim Aufstehen hatte jeder zu sagen: »Mit Gunst und Erlaubnis stehe ich auf;« beim Niedersitzen: »Mit Gunst und Erlaubnis bin ich aufgestanden, mit Gunst und Erlaubnis setze ich mich wieder.«

Dann schrieb der Altgeselle drei Sprüche auf eine Tafel, und den, welchen der angehende Geselle als den seinen wählen wollte, hatte er mit dem Finger durchzustreichen. Schangs Theodor schrieb der Altgeselle die folgenden Sprüche auf: 1. Schöne Mädchen lieb ich gern. 2. Hans guck in Kessel. 3. Schlag 7 Uhr Feierabend. Der Theodor von Wolfe strich den ersten durch, und fortan war bei der Zunft, wohin er kam, seine Parole, mit welcher er sich vorstellte: »Schöne Mädchen lieb ich gern.«

Nachdem der Leibspruch gewählt war, übergab der Altgeselle dem jungen das Zunftbüchlein mit den Zunftgebräuchen, hierauf bekam er einen Ehrentrunk aus dem Ehrenbecher der Zunft.

Alsdann reichten ihm die Gesellen, der Altgeselle voran, die Rechte mit den Worten: »Hui Seifensieder! Hui Seifensieder!«

Für all das hatte der neue Geselle Essen und Trinken zu bezahlen und jedem der drei Freisprecher, unter denen ein Altgeselle, ein Junggeselle und ein Nebengeselle war, einen Kronentaler zu schenken.

Die Zunftgebräuche beim Wandern waren ebenso sinnig, wie das Lossprechen. Kam der Geselle auf seiner Wanderschaft in die Herberge seiner Zunft, so mußte er die drei oberen Knöpfe am Rock geschlossen haben, den Hut in der Rechten, den Ziegenhainer aber in der Linken zwischen Zeigfinger und Daumen so weit in die Höhe halten, daß er den Boden nicht berührte. Am Felleisen wurde der linke Trageriemen ausgehakt.

So trat man an den Zunfttisch, der daran erkenntlich war, daß über ihm der Zunftschild hing. Saßen Handwerksburschen am Tisch, so sprach der Zureisende laut: »Seifensieder!« worauf die andern ebenfalls »Seifensieder« antworteten und dabei leise mit der Hand auf den Tisch schlugen. Alsdann reichte man sich die Hand mit dem Ausspruch:»Hui Seifensieder!«

Beim Umschauen nach Arbeit bei den Zunftmeistern war folgendes Gespräch Zunftgebrauch. Geselle:»Erlauben Sie, sind Sie der Herr Meister?« Meister:»Ich weiß nichts anderes.« Geselle:»Sie werden erlauben, meine Schuldigkeit abzulegen.« Meister:»Recht gerne.« Geselle:»Ich bringe Ihnen von den ehrlichen Herren Meistern und Gesellen aus der Stadt N. N. den freundlichen Gruß von wegen des Handwerks.« Meister:»Schön Dank von wegen des Handwerks.«

Hierauf erhielt der Geselle das herkömmliche Geschenk in Geld, und war's Abend, so kamen Nachtquartier und Essen zum Geschenk hinzu und von den Gesellen Bier.

Bei der Weiterreise sagte der Geselle:»Herr Meister, Sie werden erlauben, meine Schuldigkeit mitzunehmen von wegen des Handwerks.« Meister:»Schön Dank von wegen des Handwerks, grüße mir die ehrlichen Herren Meister und Gesellen in der nächsten Stadt.« Geselle:»Schön Dank von wegen des Handwerks und für alle mir angetane Ehre.«

Die Seifensieder-, die Rot- und Weißgerber-, die Kupferschmied-, Hutmacher-, Buchbinder- und Schönfärbergesellen hielten unter sich Kameradschaft und grüßten sich beim Zusammentreffen mit: »Hui Schwager!«

Wie sinnig finden wir hier die einfachsten Handwerker in ihren Zunftgebräuchen! Es rührt einen förmlich, wenn man sieht, wie Meister und Gesellen in früheren Jahren mit einander verkehrten, und unsere kalte Zeit damit vergleicht.

Man wird aber auch mit Ingrimm erfüllt gegen alle jene, welche von oben herunter und gegen den Willen von Meistern und Gesellen geholfen haben, die Zunft im Handwerk gänzlich zu zerschlagen und mit ihr Poesie und schöne Sitte und dadurch eine Kluft zu schaffen zwischen Meister und Gesellen, eine Kluft, in welcher heute die Sozialdemokratie ihre besten Geschäfte macht. –

Ich erinnere mich noch wohl aus meiner Knabenzeit, wie elegant und zunftmäßig schön die Handwerksburschen mit ihren schmucken Felleisen auf dem Rücken, den Zylindern auf dem Kopf durchs Städtle Hasle zogen, schon äußerlich erkennbar, wess' Handwerks sie seien, und nur bei den Meistern ihres Gewerbes umschauend.

Heute sind äußerlich und innerlich alle gleich, auf der Landstraße alle stromerhaft und alle fechtend und bettelnd, und alle Meister klagen, sie hatten keine ordentlichen Gesellen mehr. Das alles kommt daher, daß man bei den Zünften das Kind mit dem Bad ausgeschüttet hat und selbst das »Hui Seifensieder, hui Seifensieder« verstummen machte, d. h. die alten, schönen, sinnigen Zunftgebräuche totschlug und so die Menschen kalt und herzlos werden ließ. –

Schangs Theodor wurde im Sommer freigesprochen, eine für die Wanderschaft des Seifensieders ungünstige Zeit, weil damals im Sommer keine Lichter gemacht wurden.

Drum ging er heim nach Wolfe, staffierte sich zunftgemäß aus und ging erst im Herbst auf die Wanderschaft.

Diese machte der junge Seifensieder in alter, ehrlicher Art der Zunftzeit ab und wanderte in der Schweiz, in Württemberg, Bayern, Oesterreich, Ungarn, Böhmen, Schlesien und Preußen. Gegen tausend Wegstunden hat er zu Fuß zurückgelegt und bei unzähligen Meistern sein Zunftsprüchlein gesprochen und bei vielen treu und redlich gearbeitet um einen Wochenlohn von 48 Kreuzern, das tut 1 Mark 40 Pfennig.

Auf der Heimreise aus Preußen haben wir ihn getroffen, da er bei Kassel die Gurken holte. Im Juni 1834 kehrte er erstmals zurück aus der weiten Welt, in der er mit offenen Augen alles Sehenswerte betrachtet hatte. Aber daheim im lieben Waldstädtle Wolfe machte ihm diesmal alsbald sein Seifensiedersprüchlein zu schaffen: »Schöne Mädchen lieb ich gern.« In den wenigen Wochen, da er von seinm Wanderfahrten daheim ausruhte, sah er auf der Straße und beim Kirchgang öfters das einzige Töchterlein des Sattlermeisters Roggenburger, eine feine, züchtige Maid.

Im Taufbuch stund sie unter dem Namen Johanna; aber die bekannte Art der Wolfacher, alle Namen, die französiert werden konnten, zu verwelken, nannte des Sattlers Töchterlein Jeannette, und so hieß sie bis zu ihrem Tod.

Verliebte Mädchen wissen ihres Herzens Stimmung wohl zu verbergen, weil sich verstellen können eine weibliche Natureigenschaft ist. Mannsleute vermögen das nicht, und so wußten die Verwandten und Freunde des jungen Seifensieders bald von seiner Flamme, während diese selbst noch nichts davon ahnte, weil der Theodor zu schüchtern war, sich ihr zu offenbaren.

Doch den Wanderer trieb's von dannen, weil die Wanderzeit noch nicht um war. Im August packt der Seifensieder sein Felleisen wieder, und fort geht's ohne Geständnis und Abschied von der Jeannette zum untern Tor hinaus.

Seine Freunde begleiten ihn, wie damals üblich, bis zur »Siechenbrücke«, und einer trug des Scheidenden Felleisen. Der Weg führt an einem Acker vorüber, der Jeannettens Vater gehörte. Auf dem Acker stehen ein fruchtbeladener Apfelbaum und Rüben. Die Kameraden, das Herzweh des Handwerksburschen wohl kennend, holen einige, wenn auch unreife Aepfel und einige kleine Rüben und legen sie dem liebeskranken Freund in das Felleisen zum Andenken an die Jeannette und auf daß er kein so starkes Heimweh nach ihr bekomme.

Diese Aepfel und Rüben aber hat unser Theodor nicht nur mitgenommen und getreu auf allen Heer- und Wanderstraßen getragen, sondern sie aufbewahrt bis zur Hochzeit und noch jahrelang nach der Hochzeit, bis sie nicht mehr zu halten waren.

Möchten ob dieser kindlich naiven Sinnigkeit nicht heute noch alle meine Leserinnen dem Braven die Hand drücken und rufen: »Hui Seifensieder! Hui Seifensieder!« –

Schon in Karlsruhe, 25 Stunden unterhalb Wolfe, bekam der Wanderer Arbeit beim Seifensieder Rüpple in der Herrenstraße. Hier zeichnet sich der noch nicht zwanzigjährige Wolfacher so aus, daß er bald die erste Stelle in der Werkstätte bekommt bei einem Gulden und zwanzig Kreuzern Wochenlohn.

Aber die Jeannette ließ ihm keine Ruh. Ueber Asche, Lauge und Talg, wenn diese brodelten im Hexenkessel der Seifensiederei, tauchte ihr Bild empor. Er schrieb darüber in seinen alten Tagen herzig und naiv also:»Ich hatte wegen meiner jetzigen Frau damals keine rechte Ruh, Es stieg mir immer vom Herzen in den Kopf, und ich faßte endlich den Mut, mich ihr mehr zu nähern. Ich kaufte ein sogenanntes Stammbuch für zwei Gulden mit dem Bild eines Fräuleins mit blauem Kleid, wie meine Frau damals eines getragen, schrieb einen hübschen Vers hinein und dazu einen schönen Brief, den ich zwar drei- bis viermal ändern mußte, bis er paßte, (es war aber auch der erste und letzte Liebesbrief, den ich in meinem ganzen Leben schrieb), und nun ging's der Post zu in der frohen Hoffnung, von ihr bald eine so heiß ersehnte Antwort zu erhalten. Es verging jedoch eine Woche um die andere, ohne daß die ersehnte Antwort eintraf; nur einmal erhielt ich einen Gruß von ihr, die Freiheit, mir zu schreiben, erlaubte sie sich nicht. Mit diesem Gruß war ich jedoch zufrieden, war er doch ein Zeichen von der Annahme meines Briefes und Geschenks, und ich war schon glücklich.«

Man sieht aus diesen schlichten Worten eines Naturmenschen und Seifensieders, welch kolossalen Einfluß weibliche Wesen ausüben auf ein männlich Gemüt und mit wie wenig, mit einem Gruß, sie die guten, kindlichen Mannsleute glücklich machen können, wenn diese einmal am großen Narrenseil der Liebe gefangen sind.

Aber es muß wohl so sein, sonst blieben die meisten Even ohne Adam. –

Liebeskank und krank von seinen Anstrengungen als Altgeselle kehrte Schangs Seifensieder im folgenden Winter heim, und während in seinem Herzen das Lichtlein der Liebe zu einer Fackel sich entwickelte, machte er den Wolfachern und den Wirtsleuten auf dem Land Talglichter in seines Vaters Haus. Die brave Mutter aber besorgte den Verkauf. Sein Meisterstück hatte er vorher bei einem seiner früheren Meister, Schick in Kehl, unter vielem Trinken der Zunftgenossen gemacht.

Das Geschäft florierte, und im folgenden Jahr kaufte der Schiffer Schang seinem Theodor das alte städtische Spital in der Vorstadt. Dieser riß selber mit eigener Kraft den ganzen Innenbau des alten Gebäudes ab bis auf Seitenwände und Dachstuhl. Dann erst ließ er Handwerksleute kommen und sich seine Seifensiederei und ein dreistöckiges Wohnhaus herrichten.

Nebenbei schlug die alte Wildheit wieder durch beim jungen Seifensieder, vorab beim Neujahrsschießen in den Sylvesternächten der Jahre 35 und 36, wo er jeweils seiner Jeannette mit zahllosen

Pistolenschüssen das Neujahr anschoß, verfolgt von den Gendarmen und dem Polizeidiener seiner Vaterstadt.

Drum nahm er es auch nicht übel, als zehn Jahre später in einer Sylvesternacht die jungen Leute vor seinem Haus eine Petarde losließen und ihm ein halbes Hundert Fensterscheiben zertrümmerten.

Eine Tat vollbrachte er damals auch, der Theodor, um die ich ihn nicht lobe; er brachte, von Karlsruhe her angesteckt, den ersten Christbaum nach Wolfe und wußte in seinen alten Tagen noch den Platz im Siechenwald, wo er das Tannenbäumchen geholt.

Ich mag, wie ich anderorts schon gesagt, die Christbäume deswegen nicht, weil sie mir die »Krippele« verdrängten und die Weihnachtszeit bei vielen zu einer Flitter- und Präsentenzeit machen, wobei die Hauptsache, die Geburt des Weltheilandes, welche die Krippele so kindlich schön darstellten, meist gänzlich vergessen wird von jung und alt.

Ich hab' aber den Theodor stark im Verdacht, seinen ersten Christbaum zu Liebeszwecken verwendet zu haben. Er zündete ihn acht Tage lang jeden Abend an und gab jedermann freien Zutritt. Er selbst aber ging in das Haus des Sattlers Roggenburger und lud Mutter und Tochter ein, den ersten Christbaum auch zu beschauen. So bekam er Gelegenheit, das erstemal das Haus seiner Jeannette zu besuchen: darum vermute ich, er habe den ersten Christbaum in Wolfe in seines Herzens Not erfunden.

Der Importeur des ersten Christbaumes huldigte übrigens nebenbei einer alten Sitte, die auch zu meiner Knabenzeit noch blühte, und das war der Besuch der Spinnstuben, welche jetzt in allen Städtchen des Kinzigtals völlig eingegangen sind.

Der Seifen-Theodor, wie er bei den Wolfachern hieß, seitdem er als Meister sich in seiner Vaterstadt etabliert hatte, war in allen Spinnstuben zu finden, in denen des Roggenburgers Jeannette mit ihrem Spinnrad erschien. Und damit sie in den finsteren Winternächten den Weg nach Hause wieder fände, hat er sie jeweilig mit einer Laterne heimbegleitet.

Den Mut aber, um seine Flamme anzuhalten, machte ihm der Vater Schang, der seinem Sohn eines Tages von einer Waldreise auf dem Schwarzwald aus schrieb, er solle in sein neues Haus eine Frau suchen und um seine Jeannette anhalten.

Da nahm der Theodor den Brief, trug ihn seiner Angebeteten ins Haus, gab ihr denselben zu lesen und redete an sie klopfenden Herzens Worte, die er später selber nicht mehr wußte. Nur das vergaß er nie, daß er der glücklichste Mensch war, als sie ihm das Jawort und »einen feierlichen Kuß« gab.

Und da er dies fünfzig Jahre später niederschrieb, fügte er hinzu: »Ich war damals so glücklich, daß mir beim Schreiben von diesem Glück eine Freudenträne in die alten, kranken Augen kömmt.«

Meine Leserinnen können daraus ermessen, ein wie ausgezeichnetes weibliches Wesen und welch' ausgezeichnete Frau die Jeannette gewesen sein muß, daß ihr Mann fünfzig Jahre später noch Freudentränen vergoß über das Glück, so sie ihm gebracht. –

Trotzdem damals die Bräute in Wolfe mit »Löchlestrümpfen und in leichten Schal gehüllt« zur Kirche gehen mußten, hielten die zwei Glücklichen doch am 9. Januar 1838 bei 18 Grad Kälte ihre Hochzeit.

Da bei der Temperatur kein lebendiger Soldat des Wolfacher Bürgermilitärs, dem der Bräutigam angehörte, vor dem Hochzeitshaus Wache stehen konnte, so stopften seine Kameraden einen Strohmann in die schöne Uniform der Wolfacher Bürgerwehr: weiße Hosen mit rotem Frack – setzten ihm den großen Tschako auf, hingen ihm das Lederbandelier mit dem Säbel um, gaben ihm ein Gewehr in die hölzernen Hände, ein glühendes Kohlenbecken vor die Füße und ließen ihn so vor dem Seifenladen Parade stehen.

Ich erinnere mich noch wohl der Wolfacher Nationalgarde aus den vierziger Jahren, bei welcher der Theodor Fähndrich war, eine Ehre, die bekanntlich in der Regel nur einem schönen, jungen Mann zuteil wurde. In Hasle war es in jenen Tagen ein alter, schlanker Weber, der Stines (Justinus).

Die Wolfacher rückten bisweilen auch in Hasle ein mit ihren roten Fräcken und ihrem riesigen Tambour-Major, dem Martin Oberle, einst bei der Garde zu Fuß in Karlsruhe. Die roten Fräcke leuchteten in den Straßen meiner Vaterstadt wie's Morgenrot.

Die Nationalgardisten von Wolfe waren nobler als die von Hasle, denn sie hatten als Kommandanten einen Major, der zu Pferde saß. Dieser war der im ganzen mittleren Tal viel genannte »Metzger-Louis«, ein Invalide aus den Befreiungskriegen. Als Landwehrmann war er bei einem Ausfall der Straßburger Garnison verwundet und ins Kinzigtal nach Gengenbach ins Spital transportiert worden. Die Feldscherer wollten ihm den Arm abnehmen. Der Louis brannte aber in der Nacht aus Furcht vor dieser Operation durch und flüchtete nach Wolfe, wo ihm der Stadtchirurg Schroff die Kugel herauszog und den Arm so heilte, daß der Metzger-Louis noch Major werden konnte.

Die Kugel aber trug der brave Mann in die benachbarte Waldkapelle von St. Jakob, die schon mein »Leutnant von Hasle« besuchte. –

Gewissenhaft hat der junge Seifensieder alle Geschenke verzeichnet, die ihm und seiner Jeannette am Hochzeitstage zugingen.

Wie praktisch und vernünftig die Menschen damals noch waren, geht aus der Art dieser »Hochzeitspräsente« hervor. Der »Pariserbeck« schickte zwei Sester Mehl, der Stadtmüller ebenso viel. Ein anderer gab eine Laterne, ein dritter Schuhe, eine vierte eine Kaffeemühle und eine fünfte eine Messingpfanne.

Heute, 1897, da ich dies schreibe, 59 Jahre nach dem Hochzeitstag, ist jene Kaffeemühle noch im Gebrauch im Hause Theodors, des Seifensieders.

Und er selbst sagt in seinen Lebens-Erinnerungen, die er nach der goldenen Hochzeit niederschrieb: »Während der fünfzigjährigen Ehe hatten wir viel Gutes und viel Schlimmes in Glück und Unglück mit einander zu ertragen, aber immer haben wir auf Gott vertraut, und es hat, Gott sei Dank, durch seine Gnade das Gute immer wieder die Oberhand behalten.«

Arbeiten, hausen und sparen und auf Gott vertrauen war der Wahlspruch der jungen Seifensiedersleute, ein Wahlspruch, den die heutige Zeit nicht mehr kennt.

Die Jeannette half ihrem Theodor getreulich auch beim Lichterziehen: sie schnitt die Dochte und verkaufte die Ware. Und der

Theodor war unermüdlich. Das harte Geschäft des Seifensieders genügte ihm nicht, um zu etwas zu kommen. Am liebsten hätte er mit Holz gehandelt und wäre er ein Schiffer geworden. Aber die Zunft war besetzt. Da verfiel der Seifen-Theodor auf ein Gewerbe, das nicht Monopol war und doch in den Wald führte.

Er fing einen schwunghaften Handel mit Hopfenstangen und Eichenrinde an und exportierte sie ins Elsaß und in die Pfalz.

Diesen Handel trieb er fast sechzig Jahre lang, da er ihn auch nicht aufgab, nachdem er später, wie wir sehen werden, Schifferherr geworden war.

Oft arbeitete er von Mitternacht bis Morgen in seiner Seifensiederei, und dann ging's in die Wälder des oberen Tales, um Rinde und Stangen zu kaufen. Und wo er dabei an einem Wirtshaus vorbeikam, suchte er beim Wirt seine Seife und Lichter anzubringen. –

Aber über seinen eigenen Angelegenheiten vergaß Schangs Theodor schon im ersten Jahre seiner Familiengründung das allgemeine Wohl nicht.

Er hat nicht bloß die ersten Christbaumlichter leuchten lassen in Wolfe, sondern auch die erste Beleuchtung in die Straßen seiner Vaterstadt gebracht.

Diese waren bis Ende der dreißiger Jahre finster, wie die Nacht, und wer nächtlicherweile über sie hingehen mußte, trug eine Laterne mit sich.

Der Theodor stiftete die zwei ersten Straßenlaternen in die Mitte der Hauptstraße und der Vorstadt und veranstaltete eine Kollekte unter den Bürgern, um das Oel daraus zu bezahlen.

Erst im Jahre 1840 übernahm die Stadt selbst die Beleuchtung ihrer nächtlichen Gassen.

Auch um den Postverkehr bekümmerte sich der Seifen-Theodor. Die postalischen Zustände waren auch in Wolfe bis hinauf in die vierziger Jahre noch patriarchalisch, wie überall abseits der Poststraßen.

Die Wolfacher mußten ihre Post draußen in Hausach holen, eine Stunde vom Städtchen entfernt, wo die »große Post« täglich durchfuhr.

Der Postbote der Wolfacher war der alte Haftenmacher Haas in der Saugasse. Der holte die Briefe und Wertsachen und wanderte damit durchs Städtle bis hinaus in seine Hütte.

Hier breitete er in seiner finstern Stube den ganzen Kram auf seinem Tisch aus, fing an Haften zu machen und wartete, bis jemand kam und fragte:»Ist nichts für mich da?« worauf der Haftemnann antwortete:»Da liegt's, schaut selber!«

Jeder verlas nun die Postsachen, und wenn etwas für ihn dabei war, nahm er's mit, wenn nicht, ging er leer von dannen.

Die Schifferschaft mit ihrem Großhandel und der Seifen-Theodor ruhten nicht, bis anno 1848 eine zweiräderige Kapriolpost täglich von Hufe nach Wolfe fuhr.

Damals kostete ein Brief von Wolfe nach Wien 36 Kreuzer (1 Mark 3 Pfennig), heute 10 Pfennig.

Der Theodor preist die neue Zeit dafür. Ich aber meine, die Menschen waren viel zufriedener, als sie weniger lasen und weniger Briefe schrieben. Ich selbst hätte gar nichts dagegen, wenn heute noch jeder Brief nach Berlin oder Wien eine Mark kostete. Man schriebe dann viel weniger Briefe, müßte viel weniger beantworten und hätte seine Ruhe; auch würden die Menschen weniger Gelegenheit haben, sich gegenseitig noch schriftlich anzulügen, und die armen Briefträger wären weniger geplagte Leute. –

Aber außer dem Straßenlicht ließ unser Theodor als junger Bürger noch etwas leuchten – das Licht, welches Rotteck, Welcker und Itzstein in Karlsruhe in seinem Herzen angezündet – das Licht freisinnigen Bürgertums. Und diese Tat sollte er büßen, weil es weit weniger gefährlich ist, in Straßenlaternen Oel, als vor den Menschen helles, freiheitliches Licht leuchten zu lassen.

4.

In Wolfe waren die Jahre 1848 und 49 die reinsten Kinderspiele an Unschuld den Vorgängen in Hasle gegenüber.

Wie ich anderwärts schon erzählt, sind die Wulfacher von jeher Diplomaten und loyale Untertanen gewesen. Es brachten dies schon ihre Schifferherren mit sich, die als große Handelsherren aristokratisch angehaucht waren.

Dazu kam noch, daß Wolfe viel länger eine gräflich fürstenbergische Residenz war als Hasle, dessen letzter dort residierender Herr schon 1386 bei Sempach unter den Morgensternen der Schweizer fiel. Kleine Residenzen waren aber von jeher kein Boden für revolutionären Geist.

So kam es, daß die badischen Revolutionsjahre in Wolfe ein Sturm im Wasserglas waren, während im nahen Hasle ein Volksmeer tobte und brandete.

Die Wolfacher dachten im Spätherbst 1848 nicht im entferntesten daran, für den braven Freiheitsmann Robert Blum, den ein Windischgrätz am 9. November 1848 in der Brigittenau in Wien hatte erschießen lassen, eine Totenfeier zu halten, was die Freiheitsmänner von Hasle nicht nur mit großem Pomp ausführten, sondern auch noch jahrelang dem Toten zu Ehren die »Robert Blum-Hüte« trugen.

Und als anno 1849 die Revolution in Baden eine andere Tonart anschlug und die von Hasle zu 95 Prozent mit beiden Füßen in den Hexenkessel des Aufruhrs sprangen, da bildete sich in Wolfe alsbald ein »Sicherheitsausschuß« gegen jede Ausschreitung.

Und während die Haslacher an die Errichtung einer Guillotine dachten, sann dieser Ausschuß darauf, alles zu verhindern, was irgend einem wehe tun könnte.

In diesem Sicherheitskomitee zu Wolfe saßen in der Mehrzahl »Aristokraten«, und unter den wenigen Liberalen, die demselben angehörten, war auch Theodor, der Seifensieder.

Wie zahm die Revolution in Wolfe hauste, Hasle gegenüber, geht schlagend auch daraus hervor, daß dort zwei ganze freisinnige, revolutionär angehauchte Reden gehalten wurden, während in Hasle ihre Zahl Legion war.

Und trotz alledem wurde Theodor, der Seifensieder, weil er vor der Revolution im Verkehr mit seinen Mitbürgern freisinnige Reden geführt, während der Revolution aber geschwiegen und im Sicherheitsausschuß mitgewirkt hatte, ein Märtyrer der untergegangenen Freiheit.

Vergeblich war er als Mitglied des genannten Ausschusses nach Rastatt gereist, um sich zu überzeugen, wie die Sache der Freiheit stünde. Flüchtlinge waren nach Wolfe gekommen mit der Kunde, alles sei verloren, während die republikanischen Blätter das Gegenteil behaupteten.

Unser Theodor, als mutvoller Mann, ging drum als Kundschafter das Land hinab, und nachdem er dort gesehen hatte, daß alles aus sei, mahnte er im Heimweg überall, wo er durchkam, keine Freischaren mehr abrücken zu lassen, es nütze doch nichts.

Bald kam das Korps des Freischarenführers Willich, auf seiner Flucht in die Schweiz, von Hasle her nach Wolfe, Wo der Sicherheitsausschuß alsbald und das erstemal in Aktion trat, aber wegen der guten Haltung der Ankömmlinge nichts zu tun bekam.

Am 22. Juli – es war ein Sonntag – rückten die Preußen – zwei Kompagnien Infanterie und 30 Husaren – auch in Wolfe ein. Die Führer der Aristokraten waren ihnen entgegengezogen und hatten den Offizieren ein Verzeichnis der Wolfacher Demokraten, das aber winzig klein war, eingehändigt und deren Verhaftung empfohlen.

Der junge Seifensieder hatte sich eben porträtieren lassen, und das Bild war zwei Stunden vor Ankunft der Preußen fertig geworden. Der Künstler war der gleiche Ludwig Blum von Hasle, welcher fünf Jahre zuvor mich als Knaben gemalt hatte. Der Theodor machte nach der letzten Sitzung einen Gang in die Stadt und sah hier die Preußen zum untern Tor hereinrücken.

Er sah aber auch, wie jeweils ein Unteroffizier nebst zehn Mann einen Verhaftungsbefehl in die Hände bekam, und alsbald beschlich den Anhänger von Rotteck, Itzstein und Welcker eine dunkle Ahnung, es könnte auch ihm einer der Zettel gelten, welche die Korporale erhielten.

Die Ahnung sollte sich bald erfüllen. Als er nach Hause kam, waren die Häscher schon da, nahmen ihn gefangen und führten ihn, nachdem er »herzzerreißenden Abschied« von seiner Jeannette genommen, auf das Rathaus.

Der damalige Bürgermeister, Aristokrat und Serviler, dem der liberale Seifensieder ein Dorn im Auge gewesen, weil er auf liberale Gemeindeverwaltung gedrungen, hatte ihn denunziert als Revolutionär, den man einsperren müsse.

Wie den Dummköpfen nichts verhaßter ist, als ein gescheiter Mann, so haßten auch zu allen Zeiten Knechtsseelen die unabhängigen, freisinnigen Mitmenschen.

Als Kollegen fand unser Theodor auf dem Rathaus noch den Rechtsanwalt Burger und den »Pariserbeck« von Wolfe. Beide hab' ich wohl gekannt. Bürger war ein Elztäler und damals oft in Hasle, um Bauern beim Amt zu vertreten. Der Pariserbeck aber kam oft zu seinem Bruder, dem Kaufmann Lorenz Armbruster, von dem da und dort in meinen Büchern geschrieben steht als einem alten Bierhauskollegen des Ferienstudenten Hansjakob.

Der Lorenz hieß natürlich bei den Wolfachern nur der »Laurent«, während er in Kasle wegen seines ungesucht vornehmen Wesens »der Lord« hieß. Sein Bruder Bäcker, der in Paris studiert hatte, trug von dieser Weltstadt seinen Namen und überragte an seinem Auftreten alle Kaslacher Bäcker um Elefantenlänge.

Ihn und seinen Vetter Theodor, den Seifensieder, sah ich als Knabe manchmal an Sonntagen in elegantem Gefährt in Hasle einfahren und gewann die Vermutung, die Wolfacher seien viel vornehmere Leute als die Haslacher, wo kein Bäcker und kein Seifensieder zum Spazierenfahren kam.

Der Laurent aber war der einzige Kaufmann, der einen eigenen Einspänner hielt, mit dem er oft nach Wolfe fuhr, um seine Freunde zu besuchen. Vorab geschah dies am »Kuchenmärkt«, einem Hauptfest der Wolfacher, im Dezember. Wer in Wolfe war, aber nie am Kuchenmärkt, hat Rom gesehen, aber den Papst nicht.

An diesem Tage legten gute Freunde, wie der Laurent, der Theodor, der Pariserbeck u. a., eine gemeinschaftliche Kasse an und wanderten dann von Wirtshaus zu Bierhaus und umgekehrt, bis all' die vielen »Auberges und Restaurants« von Wolfe besucht waren und die Kasse leer. –

Als vierter im Bunde war im Arrestlokale im Schloß z' Wolfe noch ein Hamburger, ein Kaufmann König, der in Wolfe eine Witwe geheiratet und als Sohn einer freien Stadt scharf in Freiheit gemacht hatte.

Alle hatten ein wenig mitexerziert, als die Freischaren ausgebildet wurden, und der Advokat und der Hamburger je eine Rede getan für die junge Freiheit.

Der preußische Hauptmann, dem die Arrestanten anvertraut waren, ging human mit den angeblichen Revolutionären um. Er ließ ihnen am Abend ein Fäßle Bier zukommen, und auch Frauen und Kinder durften sie besuchen. Selbst Betten und Matratzen gestattete er ihnen.

In aller Frühe fuhr am andern Morgen ein Omnibus in den Schloßhof, der die Gefangenen nebst acht Infanteristen aufnahm, und als reitende Eskorte erschien ein Leutnant mit sechs Husaren.

Der blutjunge Leutnant herrschte die Gefangenen als »Kerls« an, der Unteroffizier im Wagen aber war um so milder. Ein Jahr zuvor hatte er als Student in Berlin die flotte März-Revolution mitgemacht, jetzt war er zahmer preußischer Soldat und half die Revolution in Baden niederschlagen.

So ist der Gang der Volksrevolutionen fast zu allen Zeiten gewesen. Das Volk wird durch das Volk besiegt. Der Soldat kämpft gegen den Bürger, obwohl beide eines Volkes sind und die gleichen Interessen hätten! Wahrlich, es ist eine närrische, verkehrte Welt auf dieser Erde! –

Ich erinnere mich noch gar wohl jenes Julimorgens, da der Omnibus mit Theodor, dem Seifensieder, von Husaren umritten, in Hasle einfuhr.

Es war der Morgen nach dem Tag, an dem ich die ersten Preußen gesehen und sie mich meinen Heckerhut vom Kopfe hatten reißen machen.

Ich war kaum aufgestanden und saß eben bei dem üblichen Morgenimbiß, einer Milchsuppe, im Kreise der Familie. Da sah ich die

Husaren am Haus vorbeireiten. Mein Vater stand auf, trat ans Fenster, erkannte den Advokaten Burger und sprach: »Da bringen sie gefangene Wolfacher.«

Ich war alsbald hinter den Reitern her. Der Omnibus hielt beim Rathaus, und ich sah die Gefangenen, von Soldaten begleitet, aussteigen. Mir jungem Republikaner blutete das Herz, und die gefangenen Männer sah ich an wie Märtyrer und Heilige.

Es war Montag und Markttag, und bald standen viele Hunderte von Menschen vor dem Rathaus, in dem, wie es hieß, auch der Bürgermeister von Hasle und der Nagler Bührer, den wir aus den »wilden Kirschen« kennen, gefangen saßen.

Nach etwa zwei Stunden kamen die Wolfacher und Haslacher vom Rathaus herab und wurden wieder, von Infanteristen mit gespanntem Hahn und von den Husaren eskortiert, talab weiter transportiert.

Ich sah viele Leute weinen, und auch ich bekam nasse Augen, trotzdem die Gefangenen ziemlich gefaßt aussahen. Nur der Nagler, welcher am schärfsten Freiheit, Gleichheit und Brüderlichkeit gepredigt, sah ingrimmig und verschlossen drein.

Ueber Offenburg ging's nach Freiburg. Theodor, der Seifensieder, aber, der alsbald ein Tagebuch anlegte, das vor mir liegt, lobt die preußischen Soldaten, meist Landwehrleute, ob der Milde, mit welcher sie die Kinzigtäler Revolutionsmänner behandelt hätten.

Ueberall das Kinzigtal herunter wurde Halt gemacht und einige Flaschen Wein im Wagen getrunken, in Offenburg, wo sie übernachteten, im Gefängnis wieder ein Faßchen Bier.

Die Infanteristen waren vom 24. Regiment und meist Berliner, die wohl auch vom vergangenen Jahr her wußten, was revoluzzen heißt. –

Vor dem Haus des Stadtkommandanten in Freiburg, wo sie mit der Bahn angekommen waren, wurden die Männer aus dem Kinzigtal aufgestellt, bis der dort kommandierende preußische General zum Fenster heraus befahl, sie in der gegenüberliegenden Kaserne einzusperren. Ehe dies geschah, lief ihnen noch ein Freiburger Polizeidiener nach und rief: »So ist's recht mit diesen Volksbeglückern!«

Von ihrer Eskorte nahmen sie herzlichen Abschied, wurden jetzt andern Preußen überliefert und in ein abscheuliches Loch eingesperrt. Die Lust darin war zum Ersticken. Von mittags zwei Uhr bis zum andern Mittag bekamen sie nur Wasser, trotz aller Bitten aber nichts zu essen.

Noch neun andere Gefangene werden am folgenden Tage zu ihnen eingesperrt, und der Aufenthalt wird dadurch noch qualvoller. Die Wasserkanne war bald geleert, aber vergeblich riefen sie nach mehr Wasser.

Nur einer hält's aus, der Bürgermeister Fackler von Hasle, ein gesunder, starker Mann; er schlief 44 Stunden lang auf einem Fleck auf der Pritsche.

Morgens läßt man sie zum Waschen an den Brunnen im Hof, wo sie in vollen Zügen nach Luft schnappen.

Neben ihnen liegen noch gefährlichere Leute, denen der Tod droht, unter ihnen der Zivilkommissär Neff von Lörrach.

Aus allen Teilen des Oberlandes kommen täglich neue Gefangene, und im Hof erblicken sie jeden Morgen neue Gesichter und neue Gestalten.

Im Gefängnis ist's bei der Julihitze zum Ersticken. Abwechselnd hängen sich drei Mann einige Zeit an das Gitter oben, um Luft zu bekommen.

Sie werden fromm, die Sünder. Der Kaufmann König liest ihnen aus einem neuen Testament vor, das sie zur Lektüre erhalten haben.

Am 26. Juli gelingt es ihnen, für gutes Geld Würste und Wein ins Gefängnis geschmuggelt zu bekommen. Dagegen droht die Wache zu schießen, wenn sich wieder Luftschnapper am Fenster zeigen. Doch werden fünf Mann in ein anderes Lokal abgeführt, und es wird dadurch etwas besser. Am 27. Juli dringt eine in Freiburg wohnende Schwester des Naglers von Hasle in die Zelle. Sie nimmt die Wäsche mit und in der versteckt die ersten Briefe der Verbrecher an ihre Familien.

Durch die Waschfrau läßt sich Theodor, der Seifensieder, der einzige unter den Revolutionären, jeweils Papier bringen für sein Tagebuch und gibt das Geschriebene in der »schwarzen Wäsche« wieder hinaus in Sicherheit, um es fast 50 Jahre später mich lesen zu lassen.

Es kommen bald wieder neue Kollegen, und es sind wieder 14 Mann in der Zelle, unter ihnen der Dr. Senn vun Kandern, »ein herrlicher Mann«.

Ein preußischer Offizier, der in der Nacht vom 27. auf den 28. die Gefängnisse visitiert, findet den Dunst in der Wolfach-Haslacher Klause entsetzlich und läßt am Morgen den Laden eines zweiten, verschlossenen Gitters öffnen. Jetzt haben sie frische Luft, danken Gott und dem Preußen und werden fröhlich.

Auch in dem Aufseher über ihr Gefängnis, einem preußischen Gefreiten und Landwehrmann namens Kohlhage, einem Magdeburger Kind, fanden die Kinzigtäler einen braven Mann. Er sorgte ihnen, so oft es anging, für Wein und Würste.

Doch die verbotenen Genüsse machten Durst, und es fehlte bald an Wasser. War nun der Kohlhage nicht da, so half alles Bitten und Flehen und Rufen um Wasser nichts, und die armen Freischärler litten oft entsetzlichen Durst bis zum andern Morgen.

Beim Verhör, in das abwechselnd bald der, bald jener geführt wurde, waren die preußischen Offiziere durchweg freundlich mit den badischen Freiheitsmännern. Und wer die Gefängnis-Memoiren Theodors, des Seifensieders, liest, möchte fast zur preußischen Liebenswürdigkeit bekehrt werden, eine Bekehrung, die mir nicht leicht würde.

Und doch hat unser Theodor die Preußen besser und näher kennen gelernt als ich. Meinen Ingrimm bekamen sie wegen meines heruntergerissenen Heckerhutes und weil sie mir den Nagler Bührer, den Prediger der Freiheit, Gleichheit und Brüderlichkeit und bald darauf auch die zwei klassischen Volksredner, Wunibald, den Schmied, und den Hafner hinter der Kirch', verhafteten und fortführten und die Freiheit begruben, da ich sie zum erstenmal im Leben vor mir sah. –

Nur der Oberaufseher, ein Unteroffizier, war ein roher Mensch, der mit Steinen nach den Gefangenen warf, wenn sie sich etwas zu lang im Hof aufhielten. »Es wäre zum wahnsinnig werden,« schreibt unser Theodor über diese Steinwürfe, »wenn nicht die

Landwehrleute und Soldaten so freundliche, mitleidsvolle Menschen wären.« –

Bald schickten sich die Gefangenen in ihre Lage und trieben allerlei Scherz, um sich die Zeit zu vertreiben. Sie bildeten einen Gemeindekörper, machten den Fackler zum Bürgermeister und den Nagler von Hasle zum Gemeindediener, hielten Sitzungen, wie in einem Gemeinderat, und verurteilten sich gegenseitig.

Es waren in dem Lokale ziemlich alle Stände vertreten, die zu einer richtigen Bürger-Gemeinde gehören: zwei Bäcker, der Bürgermeister von Hasle und der Pariserbeck von Wolfe, ein Seifensieder, unser Theodor, vier Kaufleute, ein Arzt, ein Lehrer, ein Nagelschmied, ein Schreiber, ein Schreiner und zwei Bauern. Der Advokat Burger von Wolfe war, offenbar durch gute Freunde, längst in einem bessern Quartier.

Alle Hoffnungen, in ein anständigeres Gefängnis zu kommen, schienen für seine Mitrevolutionäre vergeblich, bis einer kam, der wußte, wie man mit den Menschen redet, Theodors Briefe hatten die elende Lage im Gefängnisse heimgemeldet und den alten Vater Schang, den Schiffermeister, in Bewegung gesetzt, um so mehr, als sie ihm noch einen zweiten Sohn, Jean, den Herrengärtner, nach Freiburg abgeführt hatten.

An einem schönen, heiteren Sonntag ward Theodor, der Seifensieder, in den Hof gerufen, wo er seinen Vater traf, seinen Bruder sprechen durfte und in ein besseres Quartier kam mit der Erlaubnis, das Essen vom Kasernenverwalter, dessen Frau eine gute Köchin war, beziehen zu dürfen.

Der gewandte Schiffer und Hollandfahrer hatte mit einem silbernen Schlüssel das Herz des Oberaufsehers zu öffnen gewußt, und das hatte die Veränderung für alle Wolfacher bewirkt.

Die Leidensgefährten im jetzigen lustigen Arrestlokale waren meist Oberländer und lustige Leute. Der Theodor hätte gemeint, im Himmel zu sein, wenn nicht eine andere Plage gekommen wäre, und das waren zahllose Mäuse, welche die Gefangenen nicht schlafen ließen. Jede Nacht mußten sie aufstehen und auf die Mausjagd gehen.

Doch begann jetzt für die Leute ein Herrenleben, an dem nach und nach alle Kollegen aus dem früheren Gefängnis Teil bekamen, nur der Nagler von Hasle nicht. Der hatte – kein Geld, war ein armer Mann und besaß nur ein Herz voll von Freiheit und Tyrannenhaß.

Doch dachten die anderen in besserer Lage an ihn, legten zusammen und schickten ihm Geld, damit auch er besser leben oder sich ein gutes Quartier verschaffen könnte.

In das Spielen, Lesen, Kaffee- und Weintrinken, Empfangen von Besuchen kam nur bisweilen ein Mißton, wenn die Gefangenen hörten, an dem oder jenem Morgen sei in aller Herrgottsfrühe einer oder der andere aus der Kaserne fortgeführt und erschossen worden.

Dreimal, während Theodor, der Seifensieder, in Freiburg gefangen saß, knallten die Gewehre preußischer Soldaten zum Tode, Der erste, welcher unter ihren Schüssen fiel, war ein junger Referendar aus Potsdam, namens Dortü. Landwehr-Unteroffizier im 24. Landwehr-Regiment, hatte er, während sein Regiment nach Baden zog, sich ebenfalls dahin aufgemacht, aber um in den Reihen der Republikaner zu kämpfen. Er wurde später im Oberland verhaftet und wegen »Militärverrats« zum Tode verurteilt.

Am 14. August ward er unweit des einsamen Kirchhofs der Vorstadt Wiehre erschossen. Er bekannte sich zum Atheismus und schrieb noch in seinem Abschiedsbrief an seine Eltern: »Ich sterbe mit dem Bewußtsein, daß es keinen persönlichen Gott gibt.«

Etwas schauspielermäßig forderte er die Soldaten, welche ihn erschießen sollten, auf, ihm, falls die Zeitungen anders berichteten, zu bezeugen, daß er mit Mut gestorben sei.

Seine Eltern – der Vater war Justizrat – müssen sehr an ihrem unglücklichen Sohn gehangen haben, denn sie ließen sich später neben ihm begraben auf dem stillen, kleinen, jetzt verlassenen Friedhof der Vorstadt Wiehre zu Freiburg, wo ich schon oft bei einsamen Spaziergängen an ihren Gräbern gestanden bin.

Eine kleine Grabkapelle erhebt sich über dem gemeinsamen Grab, und sie trägt die Inschrift:»Hier ruht Maximilian Dortü aus Potsdam, 23 Jahre alt, erschossen den 14. August 1849. Mit ihm vereint seine Eltern, deren einzige Freude und Hoffnung er war.« Die Eltern machten eine Stiftung zur Unterhaltung des Grabes und für die Armen. So kommt es, daß Dortüs Grab das einzig erhaltene der in Freiburg Erschossenen ist.

Der zweite Todeskandidat unter denen, die in der Kaserne mit Theodor, dem Seifensieder, eingesperrt waren, war ein Badenser, Friedrich Neff von Rümmingen bei Lörrach. Sohn eines vermöglichen Küfermeisters, besuchte er die höhere Bürgerschule in Lörrach und wurde auf Wunsch seines Vaters Küfer. Er wanderte dann als Geselle in der Schweiz. Hier lernte er in Aarau den bekannten Pfarrer Zschokke kennen und bereitete sich bei diesem zum Universitätsstudium vor.

Er bezog alsdann die Universitäten Freiburg, Tübingen, München, Heidelberg und Basel. Zwischenhinein machte er auch eine Reise nach London.

Die französische Februar-Revolution traf ihn in Basel. Begeistert davon, machte er, als es bald darauf in Baden losging, die Freischarenzüge Heckers und Struves mit. Seinem persönlichen Mut verdankte der letztere die gewaltsame Befreiung nach seiner Gefangennahme in Säckingen.

Nach dem zweiten Struveschen Freischarenzug flüchtete Neff auf Umwegen in die Schweiz und begab sich von da nach Paris.

Hier erreichte ihn im Frühjahr 1849 die Nachricht vom dritten Aufstand in Baden. Er wurde Zivilkommissär in Lörrach und Anführer einer Freischar.

Als er, nachdem die Sache der Republik niedergeworfen war, in voller Freischaren-Uniform über die Rheinbrücke bei Breisach flüchten wollte, ward er verhaftet, nach Freiburg geführt und zum Tode verurteilt.

Unser Theodor schildert ihn als »einen schönen Mann mit deutschem, blondem Bart und langen Locken, die auf die Schultern fielen.«

Seine Mutter, Witwe, wollte ihn am Abend vor seinem Tode nochmals sehen, wurde aber nicht eingelassen.

In seiner letzten Lebensnacht vom 18. auf den 19. August schrieb er seiner Mutter noch einen Abschiedsbrief, worin er ihr unter anderm sagt:»Seid fest und standhaft, teure, heißgeliebte Mutter, wenn Ihr die Unglücksbotschaft von meiner Hinrichtung erhaltet. Was mich betrifft, so werde ich morgen so ruhig in den Tod gehen, als ich einst in unseren Garten zu gehen pflegte. Beweiset durch Standhaftigkeit, daß Ihr die Mutter eines Republikaners seid. Seid stolz darauf, daß Ihr Euren einzigen Sohn geboren habt, um ihn der Freiheit opfern zu können. Wenn ich noch zehn Leben hätte, ich würde alle zehn der Freiheit bieten.«

Er starb mutig und mit dem Rufe:»Es lebe die Freiheit, es lebe die soziale Republik!«

's ist immer was Erhebendes, wenn ein Mensch mutig für ein Ideal stirbt! –

Seine Mutter ließ den Leichnam später exhumieren und nach Rümmingen verbringen. Dem Grabstein wurden die Worte eingemeißelt:

Wer so wie du fürs Vaterland gestorben,
Der hat sich ew'gen Ruhm erworben.

Diese Inschrift wurde aber auf polizeiliche Anordnung und auf Kosten der Mutter wieder vertilgt. –

Am 19. August in aller Frühe hörten unsere Kinzigtäler die Todesschüsse für Neff, und der Theodor schrieb in sein Tagebuch:»Gott gebe ihm die ewige Ruhe!« –

Ein gemeiner Soldat, Kromer aus Bombach im Breisgau, fiel als der dritte am 21. August beim Kirchhof in der Wiehre unter den preußischen Kugeln. Er hatte sich der»Treulosigkeit und Anstiftung zum Hochverrat« schuldig gemacht.

Der Mann starb, begleitet von einem Geistlichen, heiter und wie ein Held mit den Worten:»Ich war standhaft im Leben und werde auch standhaft sterben. Zielt gut!« –

In der Freiburger Zeitung, welche täglich zu den Gefangenen kam, waren Todesurteil und Vollstreckung jeweils publiziert, und die Leute konnten sich die Lehre merken:»So geht's, wenn man Revolution macht und unterliegt.«

Hätte die Revolution gesiegt, waren die jetzt Erschossenen als Helden gefeiert worden: so aber ruhen sie ehrlos im Grab in einer Welt, auf der allezeit Gewalt Recht und der Erfolg König war. –

Ein eigenartiger Gefangener kam am 25. August zu unseren Kinzigtälern, ein »junger Freischärler«, kaum 3½ Fuß hoch und kaum fünfzehn Jahre alt.

Er war aus Villingen und mit einer Kompagnie »des Aufgebots« als Tambour ausgerückt. Zu allen Treffen hatte er, kühn voran, die Trommel geschlagen, in passenden Momenten aber auch selbst gefeuert mit einem Karabiner, den er über dem Rücken trug.

Als die republikanische Infanterie sich nicht tapfer genug hielt, ging er zur Artillerie, wo nur gediente Soldaten stunden und wo er mehr Tapferkeit sah, und trommelte diesen zum Feuern.

Bei der Retirade war er in die Schweiz entkommen, von wo er mit Sack und Pack, mit Trommel und Karabiner über der Schulter wieder über die Grenze ging, um heimzukehren.

In Lörrach wurde er verhaftet und nach Freiburg gebracht, wo Gefangene waren, die dem Knaben bezeugten, daß er im größten Feuer tapfer ausgehalten habe.

Am Tage nach seiner Ankunft war Parade. Auf dieser ließen sich die preußischen Offiziere den jungen Helden in voller Ausrüstung vorführen. Mutig und unerschrocken gebärdete er sich dabei, so daß die Offiziere unter sich für ihn Geld sammelten, und es hieß, er solle nach Preußen in eine Erziehungsanstalt gebracht werden.

Daraus wurde aber nichts. Ich erkundigte mich nach dem ferneren Schicksal des tapferen Knaben, von welchem Theodor, der Seifensieder, außer obigem nichts weiter wußte.

Wie schnell die Menschen und selbst die Helden im kleinen vergessen werden, zeigt der kleine Freischärler. Fast niemand in Villingen wollte mehr was von dem Knaben wissen, und nur ein einziger, ein ganz alter Mann, kannte ihn noch.

Dessen Angaben nach war der Tambour der Sohn eines armen Taglöhners und hieß Jakob Schwämmle. Sein Vater soll ein origineller Mann gewesen sein, der gern große, gewählte Sprüche machte, die dann sein Sohn Jaköbele in Taten umsetzte.

Nach der Revolution und nach kurzer Gefangenschaft kam der junge Schwämmle heim, wollte aber zu keiner ernsten Arbeit mehr taugen. Die Gemeinde gab ihm darum das Reisegeld nach Amerika, wo er längst gestorben sein soll. –

Abgesehen von den Hinrichtungen, welche Augenblicke der Verstimmung in die Freiheitsmänner brachten, wurden die Tage für die Gefangenen immer gemütlicher. Die braven Landwehrleute vom 24. Regiment kamen zwar fort, unter ihnen der gute Kohlhage, aber nicht der tyrannische Oberaufseher.

Sie nahmen herzlichen Abschied von den Braven, tranken am Abend noch mit den Wächtern und legten Geld zusammen zu einer Dotation für den braven Kohlhage.

Es kamen andere Wächter, auch Landwehr, und wieder gute, wackere Leute, vom Hauptmann bis hinab zum Gemeinen.

Die Gefangenen durften jetzt auch singen, und mit Singen, Lesen, Spielen und Trinken vergingen die Tage. Auch die Frauen kamen zu Besuch von Hasle und von Wolfe und wurde von den guten Landwehrleuten in die Gefängnisse gelassen.

An Essen und Trinken und selbst an Delikatessen fehlte es nicht. Aus dem Kinzigtal kamen Kirschenwasser und Rebhühner, und der Laurent von Hasle hatte bei seinem Besuch einen ganzen Kalbsschlegel gespendet. Auch aus der Stadt erfolgten von Bekannten allerlei Aufmerksamkeiten, und Theodor, der Seifensieder, weiß bald von nichts anderem mehr zu berichten, als von Lust, Scherz und Freude.

An Sonntagen hielt der gefangene, wackere protestantische Dekan Schmidt[4] von Hornberg für alle seine Leidensgefährten Gottesdienst mit Predigt und Choral.

So war für alles gesorgt, nur nicht für die Freiheit, deren Einschränkung bisweilen ein oder der andere Offizier vom Tage vorübergehend noch verschärfte.

---

[4] 1864 gestorben als Pfarrer in Grünwettersbach bei Karlsruhe.

Endlich am 2. September wurde den Wolfachern eröffnet, daß sie am 4. nach Hause kämen. Die Akten hatten so lange auf sich warten lassen, sonst wäre ihre Unschuld früher an den Tag gekommen. Der Amtmann Felleisen von Wolfe hatte den Republikanern einen Streich gespielt, damit sie etwas länger zu sitzen hätten und in Zukunft zahmer wären, wenn sie wieder herauskämen.

Den letzten Tag in der Gefangenschaft soll uns der Theodor selbst erzählen. Er schreibt unterm 3. September 1849 in sein Tagebuch: »Morgens 4 Uhr waren wir alle auf den Beinen und packten unsere sieben Sachen zusammen. Das Kirschenwasser, der Likör und Speck wurden zurückbleibenden Gefangenen gelassen. Da wir morgen nach Hause kommen, so gingen wir Wolfacher zu dem Herrn Hauptmann und fragten um die Erlaubnis, am Nachmittag mit militärischer Begleitung in der Stadt herumgehen und unsere Bekannten besuchen zu dürfen, was uns der gute Mann auf sein Risiko hin erlaubte.«

»Thüringer[5] schloß sich uns an. Zu Mittag aßen alle Gefangenen zum Abschied mitsammen. Nach dem Essen kam Apotheker Saul von Thiengen, der auch als Gefangener im vierten Stocke war, zu uns und unterhielt uns eine Stunde mit seinen komischen Streichen.«

»Wir schossen unter uns Geld zusammen für die armen Gefangenen. Obiger Saul war nur gering graviert und wurde zu zehn Jahren Zuchthaus verurteilt. Um drei Uhr gingen wir in Begleitung von zwei Mann Soldaten in die Stadt, bestellten einen großen Omnibus auf morgen zum nach Hause fahren und besuchten unsere Freunde, die uns während der Zeit unserer Gefangenschaft Gutes getan, und statteten unsern Dank dafür ab.«

»Nach diesem gingen wir in den Bären, aßen und tranken, was uns schmeckte, und sangen dazu. Die Soldaten waren ganz außer sich und hätten ihr Leben für uns gegeben – es waren Landwehrmänner.«

»Weil der Bärenwirt für die politischen Gefangenen sehr viel getan hatte, so wollten wir bei demselben ziemlich Geld verzehren.

---

[5] Ein Gefangener aus Oberwolfach.

Als wir bezahlen wollten, nahm derselbe unter keinen Bedingungen etwas von uns an.«

»Als es Nacht zu werden anfing und wir uns von den Soldaten trennten, gaben wir jedem einen Gulden und 45 Kreuzer Trinkgeld und kehrten in die Kaserne zurück, um das letztemal darin zu übernachten.«

»Des andern Tags aber mußten die zwei Soldaten, die uns begleitet, ins Verhör, weil sie im Bären mit uns gesungen hatten. Wie es diesen Männern ergangen, konnten wir nicht mehr erfahren. Der liebe Gott wolle, daß sie unsertwegen keine Strafe erleiden müssen.«

Lustig fuhren die Befreiten am andern Morgen in ihrem Omnibus durchs Elztal der Kinzig zu. Auch zwei Haslacher waren bei ihnen, mein Revolutions-Ideal, Wunibald, der Schmied, und der Hafner hinter der Kirche. Die beiden andern Haslacher wurden noch in Haft behalten.

Acht preußische Soldaten vom 24. Linien-Infanterieregiment bildeten die Eskorte der befreiten Männer von der Kinzig. Ein glücklicher Zufall wollte, daß der Unteroffizier der gleiche Berliner Student war, der die Gefangenen auch nach Freiburg begleitet hatte.

Es gab eine feuchte Fahrt durchs Elztal: überall wurde angehalten und getrunken, gesungen und gescherzt.

Am Nachmittag trafen sie in Hasle ein, und beim Frankfurterhans richtete die Tante Theodors ein feines Mittagessen. Alles stund um den Adler und begrüßte die wieder entlassenen Märtyrer der Freiheit, denen die Soldaten nicht das geringste in den Weg legten. Sie konnten in Hasle gehen, wohin sie wollten, und Freunde und Bekannte besuchen.

Ich sah alle, sah Wunibald, den Schmied, wie er, Tränen in den Augen, aus denen die alten Freiheitsgedanken sprühten, für den Willkomm dankte, und sah die Wolfacher, wie sie ihren Landsmann Laurent besuchten, und schaute an allen hinauf, wie an Helden, die für die Freiheit geduldet.

Gegen Abend fuhren die Wolfacher talaufwärts. Ihre Ankunft hatten sie signalisiert, und schon unterhalb Husen kamen ihnen Wagen entgegen mit ihren Freunden und ihren Kindern.

Oberhalb Husen, wo beim »Speckenhans« Bier getrunken worden war, im Weichbild des Heimatstädtchens, wurden die Märtyrer von ihren Frauen bewillkommt.

Sie stiegen aus und gingen mit ihren Damen per Arm bis ans Tor von Wolfe, und die braven preußischen Soldaten sagten zu allem Ja und Amen.

Am Stadttor war ganz Wolfe versammelt, um den unschuldigen Freiheitsmännern zu gratulieren.

Aber auf dem Amthaus, gleich hinter dem Tor, saß der kleine, giftige Assessor Gautier, der kurz vor der Revolution auch in Hasle amtiert hatte, und den ich wohl kannte. Ihm übergab der Unteroffizier seine Gefangenen, wie ihm vorgeschrieben worden war.

Der Knirps meinte noch ein übriges tun zu müssen und sperrte die braven Männer noch eine Nacht im Amthaus ein, weil er am Abend ihr Kommen nicht mehr protokollieren wollte.

Die Soldaten sollten nach dieses armseligen Paschas Ordre in den Häusern der Eskortierten einquartiert werden, aber alle weigerten sich. Sie wollten, so erklärten sie, lieber bei ihren Freunden bleiben und ihre Leiden teilen, als ohne sie ihre Wohnungen betreten.

Und so geschah es. Soldaten und Gefangene blieben beisammen und tranken, als die Nacht hereingebrochen war, ein Faß Bier.

Der kleine Gautier hat trotz seiner Schneidigkeit keine Karriere gemacht; er starb später als nicht sehr gesuchter Anwalt.

Am andern Morgen wurden die Wolfacher »Freischärler« gegen Kaution auf freien Fuß gesetzt. Jeder nahm zwei Soldaten mit sich in sein Haus. Und jetzt wurden diese zwei Tage lang gastiert wie Herren.

Theodor, der Seifensieder, ein Liebhaber vom Fischen und Jagen, veranstaltete den Preußen zu lieb am ersten Freiheitstage eine Fischerei in der Kinzig, und am Abend ward von ihm im Herrengarten ein Fischessen gegeben zu Ehren der preußischen Brüder.

Als unser Seifensieder am Abend dieses Tages heimkam, war sein Haus mit Blumen bekränzt, und auf einem Transparent leuchteten ihm die Worte entgegen:

Nimmer störe Deinen Frieden
Eine trübe Stunde hier;
Glück sei Dir fortan beschieden.
Für Gesundheit beten wir.

Es war der Willkomm seiner treuen Jeannette. Diese hatte außerdem treu Haus gehalten und mit einem Seifensiedergehilfen, dem wackeren Schilling aus Schramberg, der längst in Amerika verstorben ist, das ganze Geschäft allein geführt, während ihr Theodor im Gefängnisse lag.

Ich habe einige Briefe gelesen, die sie damals an ihren Gefangenen schrieb. Sie spricht darin so ergeben, so gottvertrauend und weiß so klug ihren Schmerz und ihre Not vor ihrem Manne zu verbergen, um diesem das Herz nicht noch schwerer zu machen, wie dies nur Frauen können.

Ueber alle Vorgänge im Geschäfte berichtet sie in ihren Briefen bis ins einzelne und verrät darin durchweg die verständige Frau, welche das weibliche Gefühl, das den Frauen in schweren Zeiten selten fehlt, immer richtig leitete.

Selig und reich beschenkt verließen die preußischen Soldaten am dritten Tag das schöne badische Waldstädtle und ihre Freunde. Theodor, der Seifensieder, aber hat die Namen der braven Vierundzwanziger seinen Erinnerungen einverleibt, und sie sollen, weil sie gegen Kinzigtäler Neunundvierziger so unpreußisch liebenswürdig waren, auch hier stehen.

Der Unteroffizier hieß Otto Schulze, die Soldaten: Weller, Rothe, Vollmer, Glörsner, Kühle, Johnske, Born und Dahms.

Sie werden wohl heute alle bei der großen Armee sein. Theodor, der Seifensieder, aber war Ende der neunziger Jahre neben dem Schmiedjörg von Husen der einzige Ueberlebende von allen Kinzigtäler »Kriegsgefangenen« jener Zeit.

Der Schmiedjörg, ein wackerer Mann, den ich wohl kenne, ist jedenfalls das einzige Seitenstück im deutschen Reich zu Lambert, dem Schmied von Hasle.

Der Jörg und der Lambert waren beide Schmiedmeister und beide zugleich Kapellmeister in zwei Nachbarstädtchen.

Jeder hatte eine Kapelle selbst herangebildet, und jeder hämmerte untertags auf den Ambos und musizierte am Abend.

Eines Bauern Sohn aus der Frohnau, unweit Husen über der Kinzig drüben, war der Jörg Schmied geworden, hatte in seinem vierzigsten Lebensjahr von einem fahrenden österreichischen Musikanten Unterricht bekommen und leitete dann fast vierzig Jahre lang seine selbstgegründete Kapelle.

Im März 1848 ging, wie ich in dem Büchlein »Aus meiner Jugendzeit« geschildert, in einer Nacht der Lärm durchs ganze Land, durch alle Täler und über alle Berge:»Die Franzosen kommen!«

Auch nach Husen kam ein unbekannter Reiter mit dieser Kunde gesprengt. Der Rat und die Bürger versammeln sich, und es wird beschlossen, eine »Stafette« nach Hasle zu senden und fragen zu lassen, was die Haslacher gegen die Franzosen zu tun gedächten.

Der Schmiedjörg erklärt sich dazu bereit und sprengt im Galopp Hasle zu. Hier empfängt er die Weisung, daß die Haslacher mit allen Glocken stürmen würden, sobald die Franzosen anzögen. Der Schmiedjörg möge nun alsbald am andern Kinzigufer hinaufreiten und im Bergdorf Weiler melden, man solle dort auch stürmen, wenn die Haslacher mit den Glocken Alarm schlügen.

Die Glocken von Weiler aber würden dann auch in Hufen gehört werden. Darauf hin sollten die Hausacher sich »gut bewaffnen, in Reih' und Glied antreten und nach Hasle marschieren gegen die Franzosen«.

Mit dieser Parole reitet der Schmiedjörg wieder im Galopp davon. Indes standen viele Hausacher auf dem Schloßberg und schauten talabwärts. Als sie nun den Schmiedjörg auf der andern Kinzigseite, also auf ungewöhnlichen Wegen ansprengen sahen, glaubten sie, die Franzosen hätten Hasle schon eingenommen.

Jetzt trat der Schniderbasche, ein alter Tambour, in Aktion. Er hing seine Trommel um, steckte eine Hahnenfeder auf den Hut und schlug Generalmarsch in allen Gassen von Husen und rief:»Die Franzosen kommen!«

Entsetzen und Schrecken ergreift alles. Die Frauen weinten und jammerten, die Männer aber griffen zu den Waffen, zu Sensen, Dreschflegeln und Mistgabeln. Beim »Naglerhans« wurden Kugeln gegossen, und dann ging's ohne Signal Hasle zu, wo ich die Hausacher einziehen sah.

Es war bekanntlich ein Lärm um nichts.

Im Sommer darauf taten aber die von Husen einen andern Zug. Sie hielten den Fürsten von Fürstenberg an, da er durch ihr Städtle fuhr. Es waren dies sieben tapfere Mannen, denen es nicht wie den sieben Schwaben an Mut fehlte. Sie verlangten vom Fürsten, daß er ihnen und ihren Mitbürgern die Güter wieder gebe, die er widerrechtlich am Schloßberg und Kreuzberg zu Husen besitze.

Der Fürst meinte, er wolle nichts Unrechtes. Sie sollten nach Karlsruhe kommen, wohin er auch fahre, dann wolle er die Sache schlichten.

Nicht ohne Gefahr verließ der Fürst das Städtle, weil viele arme Bürger zu Tätlichkeiten gegen ihn geneigt waren.

Die Hausacher sandten ihm eine Deputation, den Bürgermeister Waidele an der Spitze, nach. Sie kam aber zurück ohne die Güter am Schloß- und Kreuzberg.

Dafür traten aber die sieben Hausacher, unter ihnen der Schmiedjörg und der Schniderbasche, kräftig in die Revolution von 1849 ein.

Sie stürzten das aristokratische Regiment im Städtle und setzten eine provisorische Regierung ein.

Die von Husen waren denen von Hasle örtlich näher, als die von Wolfe, daher auch die größere Tatkraft.

Die sieben Mannen wanderten später alle nach Freiburg ins Gefängnis – unter ihnen außer dem Schmiedjörg der Schwertwirt Kils, der einzige von den Hausacher Revolutionsmännern, den ich damals schon kannte.

Ihm führte ich von meinem zehnten Lebensjahr an alljährlich eine »Zeine« voll Zwetschgen von meiner Großmutter zu, damit er sie dörre, denn er besaß den einzigen künstlichen Dörrofen im Tal.

Ich tat dies um so lieber, als ich der Großmutter im Winter aus ihrem »Schnitztrog« die Zwetschgen wieder stahl, die ich im Herbst dem Schwertwirt nach Husen gebracht und gedörrt heimgeführt hatte.

Der Schmiedjörg lebt heute, 1906, da das Büchlein neu erscheint, noch, ein hoher Achtziger, rüstig, wohlauf und allzeit schlagfertig in Red und Antwort. Bis vor kurzem war er, der alte Harmonielehrer, noch »Stadtbaumeister von Husen«.

Und nun wieder nach Wolfe.

Eines hatte die Haft bei dem freisinnigen Seifensieder bewirkt: es gefiel ihm anfangs nimmer im Lande Baden, und er wollte nach Amerika auswandern. Wer ihn allein zurückhielt, das war seine Jeannette, die ihm rundweg erklärte, sie ginge nicht mit, und ihm Hoffnung und Mut zusprach, in der guten Stadt Wolfe zu bleiben.

Er hat den guten Rat seines Weibes nie bereut, und alle meine Leser und ich sind der tapfern Frau heute noch dankbar, denn im grenzenlosen Lande Amerika wäre der brave Mann unbeschrieen untergegangen, und wir wüßten nichts von Theodor, dem Seifensieder, der uns jetzt erst noch manches aus seinem Leben zu erzählen weiß.

5.

Das Jahr 1847 hatte für Wolfe und Umgegend eine Heimsuchung gebracht, die mehr schadete, als die zwei Revolutionsjahre. Die alte Zunft der Schiffer war infolge von Verlusten und Unglück zusammengebrochen.

Die Schiffer hatten auch die Wutach, den wildesten Fluß des Schwarzwaldes, floßbar machen wollen und dabei viel Geld nutzlos ausgegeben. Bei 200 000 Gulden Schaden traf sie, und so ging die Schifferschaft zu Wolfe, die seit vielen Jahrhunderten geblüht hatte, unter. Armut war das Los fast aller Schiffer und vieler Bauern, die an ihnen verloren.

Auch der Schang, Theodors Vater, der Hollandfahrer, ward mit in den Fall hineingezogen. Da ergriff Theodor, der Seifensieder, nach der Revolution die alte Fahne der Zunft; er, der in unermüdlicher Arbeit sich Geld erworben, ließ die Schifferschaft und die Flößerei-Rechte auf der Kinzig nicht ehrlos untergehen.

Er griff den arm gewordenen Schifferherren wieder unter die Arme, gewann kapitalkräftige Genossen und rief die alte Schifferschaft wieder ins Leben.

Selbst eine neue Schifferordnung erstand, aber ganz im alten Zunftstile gehalten. Nur zwanzig Mitglieder darf die neue Zunft zählen, alle von Wolfe, und jeder, der eintritt, muß Lehre machen und Prüfung bestehen im Schifferwesen. Wer praktisch das nicht kann, was ein jeder Flözer kennen muß, darf – und das war vernünftig – nicht Mitglied der Zunft werden.

Unser Seifensieder griff zum Krempen und zur Axt und half Flöße einbinden an der Seite der Knechte, um ein zünftiger Schiffer werden zu können.

Die Flözergespanne von Wolfe, die seitdem brach gelegen und lebensmüde durch die Straßen geschlichen waren, jubelten wieder auf: der Turm-Sepple, der Grete-Hans, der Russ' und wie sie alle hießen, die lustigen Floßknechte.»Jetzt goht's bigott wieder ins Land, 's geit wieder Flözerzechen und die Logel wird wieder naß,« riefen sie, Theodor, den wackeren Seifensieder, preisend.

Hätten sie den alten Spruch gekannt, den wir kennen, sie hätten dem energischen Theodor die Hand geschüttelt mit einem:»Hui Seifensieder! Hui Seifensieder!«

Wem die neuen Schifferherren, bei denen sich auch der wohlhäbige Pariserbeck eingezunftet hatte, weniger imponierten, das waren die derben Flößerknechte von Schilte. Sie lebten der neuen Schifferschaft, die sie nicht für echt hielten, auf dem Wasser zu leid, wo sie konnten.

In seinen alten Tagen hat mir Theodor, der Seifensieder, mit Humor ein drastisches Beispiel davon erzählt, wie die Schiltacher mit dem Haupt der neuen Schifferschaft von Wolfe umgingen. Eines Tages hatten die von Schilte ein Floß in der Wolf liegen, gerade an deren Mündung in die Kinzig, die Wolfacher Schiffer aber ein solches hintendran im gleichen Bache.

Die letzteren wollten nun mit ihrem Flöz nebendurch fahren. Da machten die Schiltacher ein Gestör von dem ihrigen los, um den Weg zu versperren. Weil aber der Wolfacher Flöz schon im Gang war, fuhr er auf die losgelösten Stämme und strandete; seine Gestöre wurden zerrissen und viele Stämme zerbrochen.

Theodor, der Seifensieder, stand als Schiffer auf der nahen Kinzigbrücke, sah den Schaden seiner Zunft und rief dem Flößergespann von Schilte zu:»Schämt euch, uns solchen Schaden zuzufügen!«

Da ergriff der Obmann des Gespanns, der rote Jos, das Wort und schrie von seinem Floß aus dem Mann auf der Brücke zu:»Was wit denn dau, dau liederli Seifesiederle dau? Gang dau huam un mach' Suaf un Liâchter!«

Der Oberamtmann von Wolfe, dessen Wohnung im alten Schloß an den Fluß grenzt, hatte das Zwiegespräch gehört, und Theodor, der geschmähte Schiffer, meinte:»Ich werde dich verklagen, der Herr Oberamtmann ist Zeuge!«

Diese Kronzeugenschaft rührte dem Roten das Herz, und er kam am Abend noch ins Haus des Seifensieders und tat Abbitte, die alsbald angenommen wurde. –

Die Hollandfahrten stellte die neue Schifferschaft ein. Sie ließ ihre Flöße nur bis Kehl gehen, wo sie an Händler, die vom Rhein heraufkamen, verkauft wurden. In Kehl in der Post war der Sammelplatz aller derer, die Tannen zu verkaufen hatten, und derer, die kaufen wollten.

Auch eine andere Neuerung führte Theodor, der Seifensieder, als Schifferherr ein, die nämlich, die Frauen der Schifferzunft bisweilen zu einer Pläsierfahrt auf den Flößen mitzunehmen und ihnen Straßburg, die wunderschöne Stadt, zu zeigen.

Es wurde dann auf dem Floß für »die Damen« aus Brettern eine Art Tribüne errichtet, in der sie nach Belieben stehen, sitzen, essen und trinken und die schöne Fahrt zu Wasser mitmachen konnten, ohne naß zu werden. Denn wenn das Floß über die Deiche schoß, sprühte das Wasser gewaltig zwischen den Tannen hervor, und die Wellen überzogen oft das ganze Floß.

Mir war es in meiner Knabenzeit das höchste Vergnügen, eine solche Floßfahrt mitmachen zu dürfen. Und heute noch auf einem Floß das ganze Kinzigtal hinabfahren zu können, müßte ein Genuß sein, den die Eisenbahn nie bieten kann.

Doch die Menschen unserer Tage haben Eile, Eile, Geld zu verdienen, um das Leben »genießen« zu können. Drum pressiert's so, und sie fahren mit der Eisenbahn. –

So wie die alten Wolfacher der Schiffer- und meiner Jugendzeit den Bürgern von Hasle gegenüber die reinsten Herren und römische Senatoren waren, so stachen auch die Wibervölker von Wolfe die von Hasle weit aus an Schönheit, an Eleganz und an konventioneller Bildung. Es waren Herrenwiber und die von Hasle Burewiber.

Meine Taufpatin, die Adlerwirtin, war damals die kleinste, aber feinste und schönste Frau von Hasle, und sie war – von Wolfe. Und später, aber noch in meiner Knabenzeit, heiratete ein Neffe meiner Großmutter eine Schifferstochter von Wolfe. Die war in ihrer dunklen Schönheit und stattlichen Gestalt eine wahre Königin.

Aber es gab in Hasle auch keine Jeannetten, keine Nannetten, keine Elisen und keine Josefinen – sondern nur Johannen, Mariannen, Lisen und Seppen.

Das kam aber von »demjenigen« und war »dasjenige«, wie mein alter Hausherr, der Kaufmann Haberer in Waldshut, zu sagen pflegte, daß die Wolfacher Schiffer-, Floß- und Handelsherren, die Haslacher aber nur Bäcker, Metzger, Schuster und Schneider waren. Von jenen schönen Frauen und ihren Schifferherren, die einst auf der Kinzig gen Strasburg fuhren, erlebten das neue Jahrhundert nur der Theodor und seine Jeannette.

Wer aber glauben wollte, der Held unserer Erzählung habe als Schiffer- und Floßherr seine Seifen- und Lichtermacherei im Stich gelassen, der würde ihn schlecht kennen.

Er blieb seiner Zunft treu bis zu deren Tod und machte noch lange nach ihrer Aufhebung Seife und Lichter. Drum blieb er auch trotz seiner Flößerei im Volksmund »der Seifen-Theodor« von Wolfe.

Hatte er aber wieder Lichter und Seife genug im Vorrat, so ging's in die Wälder des oberen Kinzigtales und hinab bis nach Hasle. Der Laugenmann wurde ein Waldmann und überwachte seine Tannen, bis sie gebunden in der Kinzig lagen und seine Flözer »ins Land« fuhren.

Dann setzte er sich, wenn er nicht selbst mitfahren wollte, am andern Tag in den Omnibus und reiste gen Kehl, wo seine Tannen wieder landeten, um den Rhein hinab verkauft zu werden.

Wie treu er aber neben seiner Schifferei zur alten Handwerker-Zunft hielt, geht daraus hervor, daß er von seiner Jungmeisterzeit an bis 1862, wo die Zünfte aufgehoben, das Kind mit dem Bade ausgeschüttet und die Kleinhandwerker ruiniert wurden, das dritte Amt in der Zunft bekleidete, das des Zunftschreibers.

Es war eine alliierte Zunft, welcher Theodor, der Seifensieder, in Wolfe angehörte. Ihre Zunftstube hatten sie im Ochsen, und zu ihr gehörten die Weiß- und Rotgerber, die Seifensieder, die Färber, die Säckler, die Kappenmacher, die Sattler und – die Buchbinder.

Und Meister war unser Theodor nicht bloß für sich, sondern auch für andere, selbst in seiner Schifferherrenzeit. Als Schiffer hat er noch Lehrbuben in der Seifensiederei ausgebildet und darunter, was viel heißen will, zwei von Hasle, denen er heute noch bezeugt:

»Es waren zwei lustige Buben, ich hatte vieles durchzumachen mit ihnen.«

Der eine war des »Cafetiers Hermann«, ein entfernter Verwandter von mir von meiner väterlichen Großmutter her.

Der Hermann, ein langer, schwarzer, lebensfroher Bursche, hatte kaum ausgelernt, als die Revolution ausbrach. Da wurde er, ohne heimzukehren, Freischärler und zwar nicht bei den Haslachern, die kein Pulver rochen, sondern bei denen, die vornen dran waren, als die Preußen kamen.

Bei Waghäusel stand er so tapfer für die Freiheit im Gefecht, daß er einen Schuß erhielt, an dessen Folgen er heute noch zu leiden hat.

Später ließ er sich in Hasle als Seifensieder nieder und zwar im Hause des großen Revolutionsmannes, des Naglers Bührer, der nach Amerika ausgewandert war.

Aber der gute Hermann, ein braver, fleißiger Meister, prosperierte – ein Zeichen, daß er mit mir verwandt ist – in seinem Geschäft nicht und mußte es aufgeben.

Tapfer, wie er war, suchte er sein Brot, wo er es fand, und wurde – Holzmacher. Von Zeit zu Zeit störten an dieser Arbeit ihn die Schmerzen seiner Wunde, die er für die Freiheit erhalten, und zum Zeitvertreib lernte er in diesen kranken Tagen das Zitherspielen und wurde darin Virtuos.

Holzmacher und Zitherspieler reimt sich zwar nicht zusammen, aber der Hermann machte es reimen, und wenn er kein Holz zu spalten hatte oder keines sägen konnte, so gab er »Zitherstunden« für Hasle und Umgegend.

Ja, heute, da er, ein hoher Siebziger, nicht mehr Holzmachen kann, lebt er nur vom Zitherspiel, und dies Spiel »beim Zachmann« gelernt zu haben, gilt in und um Hasle so viel, als wenn vor fünfzig Jahren einer gesagt hätte, er sei im Klavierspiel ein Schüler von Liszt. –

Der zweite Lehrbube Theodors, des Seifensieders, war ein Schulkamerad von mir, des »Goris Xaveri« oder, wie er im engeren Knabenkreise hieß, »der Gorile«, weil sein Vater Gregor (Gori) hieß.

Des Goriles Vater war der erste tote Mensch, den ich sah, da ich etwa fünf Jahre alt war.

Seine Mutter heiratete später einen Gendarmen; der Xaveri aber war der reichste unter uns Buben, denn er besaß 6000 Gulden »angefallenes« Vermögen.

Seifensieder geworden, gründete er ein Geschäft in Basel, wo er bald, wie sein Vater, an der Schwindsucht starb. –

Die Schifferschaft von Wolfe war zwar auch eine Zunft und eine sehr alte Zunft und trotzdem den edlen Volksbeglückern, die anno 62 die Zünfte gänzlich töteten, entgangen.

Nach wie vor übte drum die Schifferzunft von Wolfe noch einige Jahre unbeschrieen ihre Zunft-Privilegien aus. Im Jahre 1867 ereilte jedoch auch sie ihr Schicksal. Ihre alten Zunft- und Stapelrechte wurden aufgehoben und alle badischen Staatsangehörigen befugt, Holz zu kaufen, zu verkaufen und zu verflözen.

Doch der wackere Theodor forcht sich nit. Er gründete mit dem Pariserbeck ein Kompagnie-Geschäft für Holz- und Waldwirtschaft, und das betrieb er, bis der letzte Floz die Kinzig passierte. –

Das Angenehme mit dem Nützlichen zu verbinden, galt schon bei den alten Römern als Lebensweisheit, und auch Theodor, der Seifensieder, handelte darnach.

Wenn er sich mit Seifensieden, Stangen-, Rinden- und Holzhandel müde gearbeitet hatte, so spannte er aus und erholte sich auf der Jagd oder beim Fischfang.

Das Fischerrecht in der Kinzig hatten in Wolfe ehedem in sinniger Art die schulpflichtigen Knaben als Privileg. Die Revolution von 1849 nahm es ihnen, und der erste, an den die Stadt es verpachtete, war Theodor, der Seifensieder. Er trieb die Fischerei, später mit künstlicher Forellenzucht, fast ein halbes Jahrhundert.

Er und sein Freund Mathis, der Törlebeck, waren viele Jahre lang die unzertrennlichen Genossen beim Jagen und Fischen, und manch Jagdabenteuer erlebten sie, manch ein Häslein erlegten sie und manch ein Fischlein verspeisten sie.

Jagen und Fischen war unserem Theodor nur noch ein halbes Vergnügen, nachdem sein Freund frühzeitig, schon 1874, das Zeitliche gesegnet hatte.

Anläßlich des Fischens hat der Seifen-Theodor seine Heldentaten aus der Knabenzeit wiederholt und als vorzüglicher Schwimmer und Taucher zwei erwachsenen Menschen das Leben gerettet. –

Aber auch an der allgemeinen »Fidelität« und am gesellschaftlichen Leben seiner Mitbürger nahm er wesentlichen Anteil. So gehörte er lange Zeit hindurch, bis in die Mitte seiner fünfziger Jahre, zu den »Narrenvätern« der guten Stadt Wolfach, deren sie in jenen Tagen fünfe zählte: den Adlerwirt, den Schützenwirt, den Lithographen Neef und die Gebrüder Jean und Theodor Armbruster.

Damals machten die Wolfacher denen von Hasle den Rang streitig um die Palme der Narretei, während heute Hasle oben ist und Jung-Wolfe nichts mehr leistet.

Zur Zeit von Theodors Narrenvaterschaft hatten die Wolfacher eine famose Einleitung der Fastnachtszeit, die Hasle nicht kannte, und das war der sogenannte »Wohlauf«.

Der wurde am Fastnacht-Montag in aller Frühe »ausgerufen«. Narren-Väter und -Söhne sammelten sich in den buntesten Kostümen beim unteren Tor, versehen mit allerlei Instrumenten, als Trommeln, Körnern, Pfeifen, Hafendeckeln, Wasserkübeln u. a.

Die Musikanten gruppierten sich um einen Mann in weißem Hemd und weißer Zipfelkappe, der von anderen getragen wurde. Es war dies der Herold des »Wohlauf«. Unter Musik setzte sich der Zug in Bewegung durchs Städtle und Vorstädtle. An verschiedenen Hauptpunkten wurde gehalten; die Instrumente schwiegen und der Mann mit der Zipfelkappe rief:

Wohlauf im Namen des Herrn Entechrist,[6] Der Narrentag vorhanden ist.
Der Tag fängt an zu leuchten
Dem Narren, wie dem G'scheiten,

---

[6] Antichrist.

Der Narrentag, der nie versag';
Wünsch' allen Narren einen guten Tag!

Mit dem Wohlauf ward die Narrenfreiheit eingeleitet. Am Dienstag gaben dann die Wolfacher irgend ein großes Stück, ein Ritterspiel mit Turnier oder, mit Vorliebe, den Munderkinger Landsturm, und alle »Völker« aus dem oberen Kinzigtal zogen Wolfe zu, um sich an diesen Stücken zu ergötzen.

Der nicht sehr empfehlenswerte schwäbische Dialektdichter Weizmann hat bekanntlich einen Ausfall seiner Landsleute an der Donau, der Munderkinger, im Jahre 1798 persifliert.

Der Sang hebt an:

Auf, auf, ihr Bürger, stauhd ins G'wehr!
D' Franzosa rucket ei,
Se breachet scho wia's Teufels Heer
Bei isere Feldere rei.

Ihr Burger, fasset Mut und List,
Sonst goht es hinterfür,
Verkloibet 's Toar mit Dreck und Mist
Und teand da Riegel für!

Das Heldengedicht schildert dann, wie sie auszogen, die wackeren Munderkinger, der Schultheiß voran mit einem geweihten Säbel, mit der Feuerspritz, gefüllt mit heißem Wasser, und mit Büchsen, geladen mit Erbsen.

Und es schließt mit der Rede eines Burgers an sein Weib, das mit einer Lade voll Erbsen ihn begleitet, und der nach einem Fehlschuß also spricht:

Komm, Urschel,[7] komm, mer meand (müssen) jetzt hoi,
Mei Schiaßerei hoißt nix,

---

[7] Ursula.

Du hollst zwoi nuie Flintastoi
Und au mei Doppelbüchs.

Des isch a Büchs, so geit's koi Büchs,
Schiar d' Erbselad goht nei.
Es fehlt ihr nu der Hah', sost nix,
No seand d' Franzose mei.

Auch das Belagerungs-Manöver bei Munderkingen, von dem gleichen Dichter, spielten die Wolfacher, und die Völker vom oberen Tal hatten ihre helle Freude daran, denn die Sprache Weizmanns und der Munderkinger ist fast gar auch die ihre, die stark »schwäbelt«.

Am Aschermittwoch Nachmittag begruben die Wolfacher die Fastnacht. Ein Strohmann wurde von vier Mann durch die Straßen getragen, und die Narren gingen hintennach. Vor dem Tore ward er in einem Acker beerdigt.

Hierauf begab sich der Zug zum Stadtbrunnen zurück, allwo die leeren ledernen Geldbeutel gewaschen wurden.

Die Narrenväter jener Tage hat Theodor, der Seifensieder, alle überlebt, und er gedachte oft wehmutsvoll der toten Freunde, die einst mit ihm so viele Jahre des Lebens Lust teilten und längst ruhten auf dem einsamen Kirchhof draußen am Wolfbach. –

Auch Mitglied und Mitgründer »des Herrengartens« war der Meister Seifensieder. Vornehmer als die Haslacher, wie sie allzeit waren, gründeten die Wolfacher 1837 eine Art Museum, wo die Herren und die besseren Bürger, vorab die Schiffer, zusammenkamen.

Es liegt dasselbe außerhalb des alten Stadttores in einem Garten und bekam den für den aristokratischen Geist der Wolfacher bezeichnenden Namen »der Herrengarten«, und sein Wirt hieß allzeit »der Herrengärtner«.

Im Jahre 1897 waren es sechzig Jahre, daß Theodor, der Seifensieder, Mitglied des Herrengartens wurde. Er hat die Mitgliedschaft auch nicht verloren, als er 1849 unter die Freischärler und Revolutionäre gezählt wurde. Er war 1897 noch der einzig Lebende aus der

Gründungszeit und meint in seinen Memoiren: »Ich habe im Herrengarten viele, ja viele meiner schönsten Tage und Nächte verlebt und dort in den sechzig Jahren manche Ohm Bier getrunken.« –

Ich selber war nach dreißig Jahren, anno 95, wieder einmal im Herrengarten, fand an seinen Wänden eine große Anzahl von Bildern toter Mitglieder, die ich fast alle noch lustig und im Leben gekannt, von lebenden Gästen aus jenen Tagen nur noch den greisen Bezirksarzt Herrmann, und wehmütig ging ich wieder von dannen.

Der Herrengarten kam mir an jenem Feiertag-Nachmittag – es war Christi Himmelfahrt – vor wie eine Leichenhalle, in der ich Tote besucht. –

Aber auch in ernsten Dingen ging der Seifensieder seinen Mitbürgern voran.

In Wolfe war, so lang ich denken kann, immer ein hitziges Klima, und es brannte oft und viel. Selbst von Hasle her wurde manchmal Hilfe begehrt bei Bränden.

Mehrfach zeichnete sich dabei durch Opfermut und Tatkraft der Seifen-Theodor aus. Er drang unter Lebensgefahr durch Feuer und Rauch, um zu retten und zu helfen. Drum war er auch eifrig bemüht, eine Feuerwehr einzuführen, und gehört ebenfalls zu deren Gründern in seiner Vaterstadt.

Nachdem die Spielerei mit dem Bürgermilitär – von den Franzosen ins Badische gekommen – in der Revolution von 1849 untergegangen war, entstanden in den Städten und Städtchen die Feuerwehren, die zweifellos nützlicher und vernünftiger sind als die einstige Soldätles-Spielerei der Bürger und Handwerker. –

Als Narrenvater hatte unser Theodor durch die Wäscherei der Geldbeutel am Aschermittwoch die Erfahrung gemacht, daß es notwendig sei, auch wieder zu sparen. Drum wurde er in den fünfziger Jahren auch einer der Gründer der Wolfacher Sparkasse.

Während diese Gründung ihren Segen bloß den Wolfachern und den Buren ringsum spendet, hat unser Seifensieder noch ein anderes Institut ins Leben bringen helfen, das heute einen kleinen Weltruf hat.

Von altersher besaß Wolfe ein Mineralbad, einen Eisensäuerling. Es hieß das Funkenbad im Volksmund, der diesen Namen bildete aus dem ursprünglichen, der Junkerbad war.

Die Junker von Wolfe, einst so zahlreich wie die späteren Schiffer, hatten sich auf einer Anhöhe hinter der Stadt dies Bad angelegt. Es saßen im Mittelalter»Geschlechter« oder, wie sie später hießen, Junker genug in Wolfe, wie in Hasle, sind aber in beiden Städtchen alle längst ausgestorben.

So hausten in Wolfe zeitweilig die Edelknechte von Hademarsbach, Langenbach, von Gippichen, von Elzach und waren ansäßig die Geschlechter Schultheiß, Schöblin, Sebach, Knobloch, Lemp, Wild u. a. – so zahlreich, daß sie sich schon den Luxus eines eigenen Bades wie auch einer»Ritterstube« leisten konnten.

Die»besseren« Bürgerfamilien des Mittelalters sind in unseren Städten und Städtchen alle ausgestorben, und die heutigen»besseren Bürger« stammen überall aus dem»gemeinen, leibeigenen Volke«, das ja immer die Generationen erneuern muß, nachdem die besseren Leute in Siechtum und Wohlleben untergegangen sind.

Das»Funkenbad« wurde bis herauf in die fünfziger Jahre von auswärts nur spärlich besucht. Die berühmten und heilkräftigen Bäder der Nachbarschaft am Fuße des Kniebis überflügelten es, und das Bad der alten Junker von Wolfe sank dem Trümmerhaften zu.

Da kam 1856 aus Rippoldsau, wo er das dortige Bad umgestaltet, auf eine vorher nie gekannte Höhe gebracht und seinem Sohne übergeben hatte, Balthasar Göringer, kaufte das Funkenbad und gründete mit Theodor, dem Seifensieder, das Kiefernadelnbad.

Was im Volke schon längst lebte, der Glaube an die Heilkraft der Kiefernadeln, ergriffen die zwei Gründer und errichteten ein Heilbad mit Kiefernadelnpräparaten.

Da wurden Kiefernadelnextrakt, Kiefernadelnöl, Kiefernadelngeist, Kiefernadelnseife, Kiefernadelnwolle (ein Ersatz für Bettfedern) fabriziert und mit ihnen praktiziert.

Die Kur war für alles mögliche gut, wie alle neuen Heilmittel, und alles strömte Wolfe zu, um gesund zu werden, wie einst Juden und Heiden zum Teich Bethesda.

Ich selbst wallte, wie schon oben erwähnt, 1864 dahin und atmete Kiefernadelndämpfe ein gegen Heiserkeit.

Viele mochten Stärkung finden; wer leer ausging, waren, wie immer in der Welt, die Erfinder und Gründer, Balthasar und Theodor, welch letzterer noch Geld einbüßte.

Vor Wolfe draußen aber hatte sich in der Zeit, da ich dort vergeblich Heilung suchte, ein anderer Gründer niedergelassen, der auch in »Kiefernadeln« machte und ein Heidengeld verdiente.

In Mannheim lebte in jenen Jahren ein Kind Israels, das mit seinem Vornamen Lazarus hieß und ein Tabakgeschäft betrieb mit der Spezialität nikotinfreier Zigarren.

Zu diesem Lazarus trat ein junger, bildschöner Kaufmann ein, der durch seinen Vater, den ich gar wohl kannte, aus dem Kinzigtal stammte und trotz seiner Jugend ein schlauer, findiger Mann war.

Der wußte von dem Kiefernadeln-Sport und schlug seinem Chef Lazarus vor, in Kiefernadeln-Zigarren zu machen und mit seinen nikotinfreien Glimmstengeln Kiefernadeln-Oel in Verbindung zu bringen.

Dem Lazarus, welchem man einen guten Gedanken nicht zweimal zu sagen brauchte, leuchtete die Idee so sehr ein, daß er alsbald von Mannem nach Wolfe fuhr und den ganzen Teich Bethesda mit allem, was drum und dran war, kaufen wollte.

Die Gründer, welche damals noch von goldenen Bergen träumten, forderten aber so viel dafür, daß der Lazarus meinte, er käme zu seinem Ziel etwas billiger.

Er ging nun hin, kaufte dem Oberförster von Hetzendorf sein Gütchen zwischen Husen und Wolfe ab und richtete dort ein Etablissement ein zur Gewinnung von Kiefernadeln-Oel, mit dem sein nikotinfreier Tabak angespritzt werden sollte.

Zum Fabrikdirektor aber ernannte er den Erfinder der guten Idee. Der mauerte einen großen Kessel ein, engagierte lauter schöne Buremeidle und ließ durch sie in allen Wäldern Kiefer-Nadeln sammeln, kochte sie in seinem Kessel, schöpfte das Oel ab und sandte es, duftig wie Morgentau im Tannenwald, seinem Chef Lazarus Morgentau nach Mannem.

Der betaute mit dem Oel seinen Tabak, machte Zigarren und wickelte sie in Staniol.

Jetzt sandte er seinen Fabrikdirektor zuerst zu den Aerzten, vorab in den Universitätsstädten, legte ihnen Muster vor und ließ sich von ihnen Atteste geben, daß die Kiefernadeln-Zigarre vorzüglich sei für schwindsüchtige Raucher und für alle Bresten der Atmungsorgane.

Es regnete Zeugnisse und Empfehlungen, mit denen der junge Direktor tapfer auf Reisen ging und einen riesigen Absatz erzielte.

In jenen Tagen kamen die ersten in Staniol gewickelten Zigarren ins Kinzigtal, und der Prokurist des Lazarus, den ich damals kennen lernte, hatte seine helle Freude, wenn er sah, wie die Bauern und Bauernbursche die neumodischen Zigarren samt dem Staniol rauchten, was er ihnen noch als kraftvermehrend anriet.

Während so der gewandte Vertreter des Lazarus bald im Schweiße seines Angesichts Oel sott, bald Reisen machte, kam sein Chef auch auf eine neue Idee und erfand, was die Gründer des Kiefernadelnbades nicht erfunden: Kiefer- Nadeln-Pastillen und Kiefernadeln-Syrup.

Das dazu nötige Oel wurde ebenfalls im Kinzigtal gewonnen, Pastillen und Syrup aber in Mannem fabriziert.

Jetzt ging der Fabrikdirektor in seiner Eigenschaft als Reisender auch für diese Kiefernadeln-Präparate ins Zeug. Schlau und gerieben, wie er war, wußte er, wie man's machen muß. Er besuchte den damals berühmten Tenoristen Wachtel und die noch berühmtere Sängerin Patti und gewann sie für seinen Syrup und seine Pastillen.

Beide bezeugten ihm, daß sie vorzüglich seien gegen Heiserkeit und man singen könne, wie ein Engel, so man die Kiefernadeln-Pastillen vorher nehme.

Jetzt hatten diese Präparate noch weit mehr Absatz als die Zigarren, und es regnete Geld in das Haus des Lazarus in Mannem.

Die Mädchen, welche droben im Kinzigtal Kiefernadeln sammelten, mußten so um sich greifen in den Waldungen, daß ihnen schließlich das Sammeln verboten wurde.

Surrogate dafür anzuwenden, dazu waren der Lazarus und sein Adjutant zu – ehrlich. Außerdem haben derartige Modeartikel nicht allzu lange Zug, und so kam es, daß die Geschichte nach dreijähriger Dauer und reichem Gewinn ein Ende hatte, wie alles auf Erden, ob Schwindel oder nicht.

Der Lazarus aber zog nach Amerika, führte in New-York die Kiefernadeln-Segnungen ein und spielte dazu eine Art Wunderdoktor.

Wie es ihm ergangen, meldet keines Sängers Lied. Sein Prokurist Schweiß aber lebt heute noch in der schönen Breisgaustadt und erzählt mit Humor aus jenen lustigen Tagen, da er Kiefernadeln-Oel fabrizierte, auf Kiefernadeln-Zigarren reiste und für des Lazarus' Pastillen und Syrup die Heldentenöre und Primadonnen gewann. –

Das Funkenbad in Wolfe aber existiert heute noch in seiner Eigenschaft als Kiefernadeln-Heilquelle, und nicht bloß Deutsche, auch Franzosen, Engländer und Amerikaner weilen im Sommer in Wolfe, um Heilung zu suchen.

Seinen Besitzer hat es seitdem oft gewechselt und ist keiner ein reicher Mann geworden, weil die Wolfacher zu nobel sind und ihre Luft, ihre Kiefernadeln und ihre Diners zu billig an die Fremden verkaufen.

Aber eine Fremdenstadt ist Wolfe im Sommer, während das viel schöner und waldiger gelegene Hasle vereinsamt in den Strahlen der Sonne liegt, trotzdem das alte Kuhfleisch in Wolfe noch viel zäher sein soll als in Hasle. –

Die letzte Gründung, an der Theodor, der Seifensieder, in seiner Vaterstadt sich in erster Linie beteiligte, war die einer Realschule mit Latein; letzteres für solche, die studieren wollen.

Ich halte, so wenig ich die gute Absicht verkenne, nichts darauf, daß bald in jedem Städtle eine »bessere« Schule entsteht.

Wir haben ohnedies viel zu viel derartige Schulen und demnächst ein studiertes Proletariat, das gefährlichste von allen.

Je »gebildeter« in den Realschulen der kleinen Städte die Buben der Schuster, Schneider, Schreiner und Sattler werden, um so unlieber werden sie beim Handwerk des Vaters bleiben wollen. Sie halten sich mit der Bildung für zu gut dazu.

Bei den Söhnen der Kaufleute kommt dann noch der Einjährig-Freiwilligen-Gigel dazu. Sie bekommen dabei allerlei Gewohnheiten, die in die Kaserne und ins Offizierskasino sehr gut passen mögen, aber nicht in die Werkstätten und Bureaus der Geschäftsleute. Drum sind diese »gebildeten« Reserveleutnants meist verloren fürs eigentliche Geschäft.

Unser Theodor, der Seifensieder, hat bei seinem einfachen Volksschullehrer, den er, wenn er ihn prügeln wollte, in die Waden pfetzte, genug gelernt, um ein tüchtiger Seifensieder, ein kundiger Schiffer und ein vermöglicher Mann zu werden. Und sein Vater Schang handelte hellen Geistes bis nach Amsterdam hinunter, ohne eine Realschule besucht zu haben.

Nicht die Schule und nicht die bessere Bildung machen den Mann, sondern das Leben und der gesunde Menschenverstand, den man aber nicht auf höheren Schulen holen kann, sondern von den Windeln her mitbringen muß.

6.

Vierzig Jahre lang hatte Schangs Theodor den Wolfachern Seife gesotten und im Städtle und außerhalb desselben seine Talglichter leuchten lassen, als er anno 1877 seinem Sohn dies zu tun überließ.

Dieser hatte den Feldzug gegen Frankreich mitgemacht und sich ausgezeichnet bei Straßburg, wo er freiwillig mit andern sich meldete, einen Eisenbahnzug, den die Franzosen nicht mehr in die Festung gebracht und der vor dem Steintor stund, in Brand zu stecken. Die Strapazen des Kriegs brachten dem jungen, starken Mann, den ich ein Jahr vor seinem Tode kennen lernte, ein frühes Grab. Er hatte kaum zehn Jahre das alte Geschäft des Vaters betrieben, als er sich zum Sterben niederlegen mußte.

Noch im Angesicht das Todes beschäftigte ihn das Kriegsleben. Einen Tag vor seinem Ende ließ er sich noch das Bildnis seines Generals, von Degenfeld, über seinem Bette aufhängen und erzählte nochmals den ganzen Verlauf das Gefechts von Nuits.

Sein Tod war für die greisen Eltern um so bitterer, als sie schon vor ihm zwei hoffnungsvolle Söhne in der Blüte des Lebens verloren hatten. –

Aber auch die alten Zunftgenossen in der Schifferschaft gingen, einer um den andern, fort in die Ewigkeit, und es ward immer einsamer um Theodor, den Seifensieder.

Der letzte, der ihn verließ, war sein Leidensgefährte von anno 1849, der Pariserbeck. Der brave, tüchtige Mann wurde ein Neunziger und sah seine ganze Familie lange vor ihm ins Grab steigen.

Merkwürdig war der Tod seines einzigen Sohnes Siegfried.

Als anfangs der fünfziger Jahre die Ruhr im oberen Kinzigtal grassierte und viele Opfer forderte, ergriff die Epidemie auch die Pariserbeckin. Ehe sie schied, sagte sie zu ihrem Liebling, dem Sohn, der im kräftigsten Jünglingsalter stund:»Siegfried, weine nicht, ich hol' dich bald!«

Der Siegfried hörte auf zu weinen, und als die Mutter tot war, sprach er:»Ihr werdet sehen, in drei Wochen um die dritte Stunde des Morgens, da die Mutter starb, werde auch ich sterben.«

Nach kurzer Zeit befiel auch ihn die gleiche Krankheit. Er wollte keinen Arzt. Ich sterbe doch, sprach er zu seiner Schwester, denn die Mutter holt mich, und du bleibst dann beim Vater.

Der Arzt wurde trotzdem gerufen, und der Siegfried befolgte alle seine Anordnungen, obgleich er sicher war, sie halfen nichts.

Am Tage vor seinem Tode ließ er die Dienstboten des Hauses kommen, erklärte ihnen, daß er bald sterbe, und mahnte sie, auch ferner seinem Vater treu zu dienen.

Dann berief er seine Freunde an sein Sterbelager und eröffnete ihnen, daß er in der kommenden Nacht um drei Uhr sterben werde. Sie sollten ihn nicht beweinen; er sterbe gern, er komme ja zur Mutter.

Ebenso nahm er Abschied von seinem Vater und von seiner Schwester.

Gegen Abend mußte man ihm einen Blumenstrauß aufs Bett bringen und ein Glas Wein. Auch einen Spiegel verlangte er, um sich die Haare zu ordnen. Nach dem Genuß des Weines schlief er ein. Als er wieder erwachte, sprach er:»Ich lebe noch, es ist noch nicht drei Uhr.«

Seine Freunde, sein Vater und seine Schwester umstanden ihn betend und auf sein Ende wartend. Als es vom Kirchenturme her die dritte Stunde schlug, gab er seinen Geist auf, wohl vorbereitet durch die Sterbsakramente des katholischen Christen.

Dieser Tod des jungen Pariserbecks, wie mir Theodor, der Seifensieder, ihn erzählt und wie er beglaubigt ist von vielen Zeugen, ist mindestens psychologisch im höchsten Grade interessant. –

Waren auch alle tot, die letzten von der Schifferzunft, unser Theodor blieb ihrem Geschäfte unentwegt treu und sandte Flöße ins Land bis in sein achtzigstes Lebensjahr und bis das letzte Floß die Kinzig passiert hatte.

Er war mit der Zeit auch Herr eigener Waldungen geworden im obern Tale, im Kaltbrunn. Und hier veranstaltete er in seinen hohen

Jahren poesievolle Waldfeste, um Freunden und Verwandten eine Sommerfreude zu machen.

Seine einzige am Leben gebliebene Tochter hatte Theodor, der Seifensieder, treu seiner Zunft, in diese verheiratet und sie dem Sohne seines alten Freundes, des Seifensieders Schick in Kehl, der seines Vaters Geschäft übernommen, zur Frau gegeben.

Sie, ihr Mann, ihre Kinder und befreundete Familien von Wolfe bildeten die Gäste beim Waldtag, der jeweils fröhlich auf Kosten des Waldherrn begangen wurde. Man durfte diesen um so weniger schonen, als er jedes Jahr ein wertvolles Floß aus dem eigenen Waldbesitz die Kinzig hinuntersandte.

Aber er gab es von selbst nobel, der poesievolle Seifensieder von Wolfe. In aller Frühe, während die Sonne die ersten Strahlen auf die betauten Gräser im Tal warf, fuhr er mit seinen 25 - 30 Gästen per Bahn talaufwärts.

In Schenkenzell stiegen sie aus. Hier ließ der Wald- und Festherr ein flottes Frühstück servieren, während dessen die Wagen bereitgestellt und die Pferde eingespannt wurden.

Die »Damen«, Wibervölker und ihre Kinder bekamen Chaisen, die Herren wurden auf Leiterwagen verladen.

Nun ging's fröhlichen Sinnes gen Westen ins enge Waldtal hinein und hinauf bis Kaltbrunn. Beim »Waldhüterhaus« wurde abgestiegen, und die Fußwanderung begann steil bergan durch des Festherrn Wald hinauf auf den Roßberg.

Einsam steht hier zwischen zwei Bauernhöfen, rings umgeben von Wald, eine uralte Kapelle. Das Volk erzählt sich, es sei einst eine Stadt auf dem weltfernen Roßberg gestanden und die Kapelle noch der Rest der einstigen Kirche.

Alte Volkssagen trügen selten ganz, und es mag wohl einmal eine Bergwerkstadt hier oben gewesen sein, denn Silber und Kobalt finden sich reichlich in den Bergen ringsum. Lieferten doch noch im vorigen Jahrhundert die Gruben bei Wittichen in 13 Jahren mehr als 700 000 Gulden an Silber.

Sicher ist, daß die Kapelle noch 1480 Pfarrkirche für Kaltbrunn und Reinerzau war. –

Bei diesem kleinen Heiligtum ließ Theodor, der Seifensieder, Halt machen. Seine Gäste mußten eintreten und jedes sein Scherflein in den Opferstock werfen zur Restauration des zerfallenden Kirchleins.

Der Roßberg hat aber nicht bloß diese sagenhafte Kapelle zu Ehren des hl. Wendelin, sondern auch einen merkwürdigen Bauernhof und zwar den »untern«, der württembergisch, während der »obere« badisch ist.

Mitten durch den unteren Hof ging bis vor wenig Jahren die Landesgrenze, so daß ein Teil des Hofes badisch, der andere württembergisch war. Als Grenzstein diente der Ofen.

Starb nun im Haus jemand, der katholisch war, so wurde er auf die badische Seite verbracht, starb ein Protestant, dann kam er auf die württembergische Seite. So fiel die eine Leiche dem protestantischen Pfarrer des nahen württembergischen Dorfes Reinerzau zu, die auf der badischen Seite aber wurde von dem katholischen Pfarrer in Wittichen beerdigt.

Saß ein Stromer auf der württembergischen Ofenseite und es kam ein königlicher Landjäger, so setzte er sich schnell auf die badische Seite der Ofenbank, und der Landjäger konnte ihm nichts anhaben. –

Von der Kapelle weg führte Theodor, der Seifensieder, seine Gäste in seinen Wald auf den Spielplatz, einen grünen Rasen inmitten der schönsten Tannenbäume.

Ringsum waren Sitzbänke und in der Mitte der Tanzboden.

Unter den schönen Volksweisen einer Handharmonika wurde getafelt: Schinken, Braten, Würste, Speck, Wein, Bier, Kirschenwasser, und zwischen hinein ein Tänzchen getan oder Spiele aller Art gemacht.

Was den sinnigen Festgeber doppelt ehrt, ist, daß er Buren und Bürinnen der benachbarten zwei Höfe samt ihren »Völkern«, ferner alle seine Waldarbeiter und wer sonst noch vom Tal herauf dem Festzug gefolgt war, einlud, am Feste *al pari* teilzunehmen.

So gestaltete sich der Tag zu einem Volksfest im Walde, und jung und alt auf und unter dem Roßberg erzählte noch lange von der Gastlichkeit des Waldherrn von Wolfe.

Am Nachmittag ging's zu Fuß über Stock und Stein, singend und jauchzend, waldab und hinaus nach Schenkenzell. Hier hatte der unermüdliche Gastgeber ein opulentes Diner bestellt von 30 - 40 Gedecken und lud dazu ein, bis alle Plätze besetzt waren. Die Schenkenzeller Musik erschien und spielte während des Essens. Ehe die Sonne niedersank, ließ der Waldherr jeweils zur Belustigung aller Leute in Schenkenzell einen Luftballon über die Berge und Wälder hinauf in den Aether steigen. Und am Abend begleiteten die Schenkenzeller mit ihrer Musik Theodor, den Seifensieder, und seine Gäste unter Pauken- und Trompetenschall an den Bahnzug, der sie wieder talab führte nach Wolfe.

Wer sich am meisten freute, war unser Theodor, weil er viele Menschen fröhlich gemacht hatte. Und ich frage: Wo im deutschen Reiche lebte je ein Seifensieder, der solche Wald- und Volksfeste gegeben hat oder nur auf den Gedanken gekommen wäre, sie zu veranstalten? –

Die Kapelle auf dem Roßberg verdankt dem Theodor nicht nur manch Stück Geld zu ihrer Renovation, sondern auch ein neues Altarbild, eine Kreuzigungsgruppe, und sonstigen Altarschmuck.

Drum ward er auch eingeladen, als am Jörgentag des Jahres 1889 der Pfarrer von Schenkenzell, der damals auch Wittichen versah, das aus dem Staube gezogene Kirchlein einweihte.

Theodor, der Seifensieder, erschien, trotzdem der Weg ein beschwerlicher war für einen Siebziger und noch winterlich die Lüfte wehten, auf der Höhe des Roßbergs.

Der Pfarrer aber war mein Studienfreund Grämlich oder, wie er als Student hieß, »Döderlein«, einer der gutmütigsten Menschen der Welt, der in seiner Gutmütigkeit um keinen Preis Opposition gemacht hätte, selbst wenn es noch so leicht und noch so nötig gewesen wäre.

Der Döderlein war hocherfreut, als an jenem Tage Theodor, der Seifensieder, als Waldherr auf dem Roßberg erschien, und in der

Freude seines Herzens nannte er den edlen Stifter Theodor in der Predigt und pries ihn und seine Anwesenheit, was der bescheidene Mann von Wolfe nicht gerne hörte.

Aber nach dem Gottesdienst lud er doch den Döderlein zu seinem auf den Roßberg mitgebrachten Frühstück ein, begleitete den guten Pastor bis Schenkenzell und bewirtete ihn dort noch einmal.

Gleich darauf wurde der Döderlein versetzt, hinunter nach dem Schapbach. Er hatte den Grundsatz, daß man mit den Wölfen heulen und mit dem Strom schwimmen müsse, drum bekam er Gegner, nicht bei den Buren, sondern anderswo.

Er wurde wider seinen Willen versetzt und starb bald darauf an stillem Gram darüber, daß er in einer Zeit gelebt, in der es schwer ist, zwei Herren zu dienen, und welche stärkere Charaktere verlangt, als der von Natur aus schwach angelegte, sonst brave und gutmütige Döderlein einer war.

Bei den Buren war er beliebt, und seinem Leichenzug folgten ganze Völker von Kinzigtälern und Schapbachern.

Und um mich, der ich in der Konviktszeit gerne mit ihm verkehrte, hatte er später ein besonderes Verdienst. Er lieferte mir, solange er auf dem hohen Schwarzwald, bei Villingen, Pfarrer war, die Preißelbeeren, jene würzige Waldfrucht, beliebt als »Beilage« zum Ochsenfleisch. –

Bis zum Jahre 1893 hielt Theodor, der Seifensieder, seine Waldfeste ab. In diesem Jahre starb sein »Oberförster«, der Gebert von Schenkenzell, welcher ihm mehr denn drei Jahrzehnte hindurch seine Waldungen besorgt hatte, und der Waldherr verkaufte seines hohen Alters halber die Forste an den Fürsten von Fürstenberg. –

In die Jahre seiner Waldfeste war noch ein viel größeres und höheres Fest gefallen, ein Fest, das zu feiern wenigen vergönnt ist.

Am Abend des 8. Januar 1888 war das ganze Städtchen Wolfe auf den Beinen.

Vom Herrengarten am Südende des Städtchens aus zog ein gewaltiger Fackelzug mit Musik durch die Hauptstraße hinauf und über die Kinzig in die Vorstadt.

Vor dem Hause des Seifen-Theodors hielt der Zug. Der Liederkranz trug den »Tag des Herrn« vor, der Bürgermeister hielt eine Rede, und dann begaben sich Deputationen aller Vereine in die Wohnung und überbrachten Wünsche und Geschenke – Theodor, dem Seifensieder, und seiner Jeannette.

Am Fenster erschien dann der Gefeierte und dankte seinen Mitbürgern für die Huldigung, die mit einem feierlichen Bankett im Herrengarten den Vorabend schloß.

In der Frühe des 9. Januar erschienen Kinder, Enkel und Verwandte und brachten ihre Wünsche und überreichten Geschenke.

Wie groß in diesem feierlichen Moment Theodor, der Seifensieder, wieder dachte, zeigt der Umstand, daß das gefeierte Ehepaar inmitten der Huldigungen, die ihm zuteil wurden, der treuen Dienerin nicht vergaß, der Nannette, die seit 25 Jahren des Hauses Köchin und Buchhalterin war und ein Wolfacher Kind ist, was schon ihr Name besagt. Sie erhielt am Festmorgen ein Ehrendiplom und eine goldene Uhr mit goldener Kette.

Jetzt erst ordnete sich der Festzug zum Kirchgang, denn es war heute – der goldene Hochzeitstag der Seifensiedersleute.

In der Kirche verlas der Pfarrer die Glückwünsche des Erzbischofs, und nach dem Gottesdienst erschien der Oberamtmann Benckiser und überreichte vom Großherzog die silberne Medaille und die Bildnisse des Landesvaters und der Landesmutter. Denn Theodor, der Seifensieder, war allzeit seit 1849 ein loyaler Untertan, Anhänger der »liberalen Sache«, der ja auch der Großherzog stets huldigte.

Im Salmen war das Festessen mit unzähligen Gedecken, bei dem aus einem goldenen Becher getrunken wurde, den das Ehepaar bei seiner ersten Hochzeit zum Geschenk erhalten hatte, hierauf war Theatervorstellung und am Abend noch ein Tanz.

Solange Wolfe steht und die Sonne übers Kinzigtal auf- und untergeht, ist noch keines Seifensieders goldene Hochzeit so begangen worden, wie die von Schangs Theodor und seiner Jeannette.

Wer aber glauben wollte, der gefeierte Seifensieder hätte bei den ihm dargebrachten Huldigungen der Armen und der Niederen vergessen, kennt unsern Mann nicht.

Am Festtag erhielten 86 Hausarme je 1 Pfund Zucker, ½; Pfund Kaffee, einen Laib Brot und eine Mark. Die Armen im Spital bekamen Wein und Brot und sämtliche Schulkinder, 280 an der Zahl, jedes eine große Brezel, wie solche in meiner Schulzeit alljährlich von der Gemeinde ausgeteilt wurden.

Die Armen zogen mit in die Kirche und die Schuljugend am Nachmittag während des Festessens vor den Salmen und brachte dem Jubelpaar in dankbarer Erinnerung an die bereits genossene Brezel ein Hoch aus.

Noch zwei Tage schlug das Fest seine Wellen im Städtle, bis es, wie alles auf der Welt, gänzlich vorüber war.

Theodor, der Seifensieder, aber setzte sich hin und schrieb wieder Erinnerungen an die Festtage und verzeichnete alle Reden, Geschenke, Gratulationen, Gedichte und Telegramme.

Man muß staunen, welche Menge von Dichtern und Dichterlingen in diesen Festtagen zu Ehren des Jubelpaares aufgetreten ist. Es regnete förmlich Gedichte. Sie reichen aber alle nicht an die poesievolle, sinnige Natur des Gefeierten hin, drum will ich keines hier anführen. –

Bald nach der goldenen Hochzeitsfeier klopfte, wie es so gerne geschieht, der Tod etwas an bei Theodor, dem Seifensieder. Da schickten ihn die Aerzte nach Kissingen, und nachdem er dreimal dort Kur gemacht, konnte er rüstig und munter am 15. November 1895 seinen achtzigsten Geburtstag feiern. Diesen beging er im Kreise seiner Altersgenossen, indem er alle Männer von Wolfe, die achtzig und darüber waren, zu einem Mittagessen in sein Haus einlud. Die ältesten waren Spitäler, wie denn überhaupt die ärmsten Leute die ältesten werden aus naheliegenden Gründen.

Anno 1897, da dieses Buch zum erstenmal erschien, war Theodor, der Seifensieder, der älteste Bürger seiner Vaterstadt und er und seine Jeannette das zweitälteste Ehepaar im Amt Wolfach-Haslach. Der »Dohlenbacherbur« in der »alten Wolfe« und seine Frau allein waren älter. Sie hatten die diamantene Hochzeit hinter sich. Theodor, der Seifensieder, aber schrieb in seine Memoiren:»Wenn uns der liebe Gott die Gnade schenkt, werden wir am 9. Januar 1898 die diamantene Hochzeit auch feiern können. Ueber dieselbe soll später an passender Stelle geschrieben werden.«

Und richtig, der Theodor sollte auch noch seine diamantene Hochzeit erleben. Denn in so hohen Jahren halten Geist und Herz den Leib aufrecht, und an beiden fehlte es dem Theodor nicht.

Er blieb noch jung in seinem Herzen und frisch in seinem Geiste. Zur Sommerszeit trug er stets eine Blume im Knopfloch; denn er war ein großer Blumenfreund. In seinem Garten, in unmittelbarer Nähe des Funkenbads, hatte er über 100 Rosenstöcke.

Oft konnten die Badegäste im Sommer einen starken, breitschultrigen, greisen Mann mit der Miene eines alten, schneidigen Generals und einem grauen, eleganten Schnurrbart in diesem Garten bei den Rosen stehen sehen.

Wenn »Damen« vorübergingen und seinen Rosenflor bewunderten, lud er sie ein und gab ihnen Rosen und Rosenbouquets. Es war Theodor, der Seifensieder, der, eingedenk seines einstigen Wahlspruchs:»Schöne Mädchen lieb ich gern –« die Wibervölker gerne mit Blumen beschenkte.

Und wenn er zur Sommers- oder Winterszeit am Nachmittag die Straße hinunterging in die Krone zum Kaffee, so sprangen ihm alle Kinder entgegen mit dem Rufe:»Gutsele-Vater«! Denn die Kleinen wußten, daß er stets seine Taschen mit Bonbons gefüllt hatte, um sie ihnen zu schenken.

Das freute den alten General, wenn er von Kindern sich umringt sah und sie ihm ihr »Vergelt's Gott« sagten. Und er meinte mit Recht, die Tausende Vergelt's Gott, die er aus Kindermund schon erhalten habe, müßten von Segen sein. –

Was mich an Theodor, dem Seifensieder, bei Durchlesung seiner Erinnerungen und der vielen Briefe, die er mir über sein Leben geschrieben, am meisten zur Bewunderung des Mannes antrieb, ist sein unverwüstlicher Optimismus.

Da findet sich, einzelne Momente im Gefängnis ausgenommen, nie eine Klage über Heimsuchungen und Schicksalsschläge. Und was hat der Mann alles mitgemacht an leiblichen und geistigen Schmerzen!

Zweimal hat er einen Arm gebrochen, zweimal den Fuß, dreimal Rippen, einmal die Achsel auseinander gefallen, öfters ist er sonst verunglückt oder war er in Lebensgefahr beim Holzflößen, beim Fuhrwerk oder im Walde beim »Holzriesen«.

Die letzten 25 Jahre seines Lebens litt er am Star, einer Familienkrankheit, und wurde öfters operiert. Später erblindete das eine Auge ganz, das andere verdunkelte sich mehr und mehr, und der brave Mann stand vor der gänzlichen Erblindung.

Das alles aber schrieb er nieder ohne jede Klage und ohne jedes Murren, und sein Humor leuchtete trotzdem noch aus allen seinen Zügen. Er glich einem General, der viele Schlachten geschlagen, viele Wunden davon getragen, aber immer gesiegt hat.

Aus den Mienen seiner getreuen Jeannette aber schaute im achtzigsten Lebensjahr ein so liebes, sinniges Großmütterle, wie ein heiterer Herbstabend nach einem langen Tage voll Sturm und Regen.

Sie las dem augenkranken Manne täglich stundenlang vor, und die Nannette besorgte ihm seine Korrespondenz, so daß ihm auch geistiger Weise nichts abging.

Was er aber der Nannette diktierte, ist klar und frisch, wie aus einem jungen Gehirn, und von Humor und lebensfrohem Sinne durchzogen.

Im Sommer saß er in seinem Rosengarten, im Winter fütterte er die hungrigen Vögel vor seinem Fenster, – alle Tage ging er noch aus, nachmittags zum Kaffee und abends zu seinem Schoppen.

Was ihn noch besonders ehrte, war sein Stolz auf sein Handwerk. Nie hat er es bereut, ein Seifensieder geworden und es fast ein halbes Jahrhundert lang gewesen zu sein. Dieser Stolz zeichnete alle alten Meister aus, darum sprach er gern von seinem »ehrbaren Handwerk«.

Und in der Tat, ein Seifensieder und Lichtermacher, der seinen Mitmenschen für Talglichter und Seife sorgt, also Licht und Reinheit in die Welt bringt, ist der menschlichen Gesellschaft mehr zum

Segen und Nutzen, als mancher Universitätsprofessor, der sein Licht leuchten läßt zum religiös-sittlichen Schaden seiner Zuhörer.

Wie manches Lichtlein aber hat Theodor, der Seifensieder, im ganzen Kinzigtal leuchten lassen, den Lustigen und Fröhlichen bei Hochzeiten und Tänzen, den Durstigen beim Schoppen, den Kranken beim Leiden und Sterben!

Und wie viele schwarze Wäsche hat er mit seiner Seife rein und schneeweiß gemacht, an den Bächlein und an den Brünnelein in Berg und Tal!

Aber auch wie manchen Flözer hat er weinfröhlich gemacht bei den Flözerzechen in Willstätt!

Wie manchem Kind eine Freude bereitet durch seine »Gutsele«!

Wie manch ländlich Herz erfreut bei seinen Waldfesten!

Und mich selbst hat er anno 87 schon entzückt, da ich mit ihm an der Kinzig hin von Wolfe nach Schilte und zurück fuhr und er mir erzählte von seiner Jugendzeit, von seiner Wanderschaft, seinem Forellenfangen und seinen Jagden. Ich befand mich im August des genannten Jahres in Hofstetten, als an einem Sonntag der Präsident des badischen Fischerei-Vereins, Oberbürgermeister Schuster von Freiburg, in Hasle eine Versammlung hielt und mich einlud, ihn andern Tags nach Wolfe und Schilte zu begleiten.

Er wollte die beiden Hauptfischer, in Wolfach Theodor, den Seifensieder, und in Schiltach den Bäcker Christian Sauter besuchen.

Ich fuhr mit, und da sah ich nach vielen Jahren den Theodor zum ersten Male wieder und lernte ihn kennen als einen Mann, wie unsereiner ihn brauchen konnte.

In Schilte stellte der Bäcker Christian herrliche Forellen auf den Tisch des Ochsenwirts, und wir alle waren lustig und heiter, wie der Augusttag, der sonnig über Berg und Tal lag und selbst die düsteren Straßen von Schilte erleuchtete.

Nun sind der Oberbürgermeister und der Theodor und der Bäckermeister unter den Toten. Ich lebe noch, ein alter, schwermütiger Mann.

An jenem Tage aber dachte ich mir:»Der Theodor Armbruster ist ein Mann, der viel zu erzählen weiß und mit dem ich öfters umgehen möchte.«

Jahre kamen und Jahre gingen, wir sahen uns nimmer. Da verriet mir eines Tages im Herbst 1896 der Pfarrer Knöbel von»der alte Wolfe« in einem Briefe, Theodor, der Seifensieder, habe seine Memoiren niedergeschrieben. Alsbald ging ich daran, sie zu bekommen.

Es gelang. Ich versprach dem alten Schiffer, einen Flöz einzubinden aus den Waldbäumen seines Lebens und mit Schangs Theodor hinauszufahren ins Land.

Er hat sich dessen baß gefreut und doppelt gefreut, nachdem er als»Bachvogt« meinen Floz, d. i. mein Buch gelesen und taxiert hatte.

Ich hatte meine Leser und Leserinnen gebeten, am 9. Januar 1898 die diamantene Hochzeit vom Theodor und von der Jeannette nicht zu vergessen und ihnen mit einer Postkarte zu gratulieren. Je unbekannter der Gratulant wäre und je weiter weg er wohne, um so mehr werde es dem wackern Paar Freude machen.

Die Jubelfeier, der ich leider gesundheitshalber nicht anwohnen konnte, fand richtig am genannten Tage statt. Das ganze Städtchen beteiligte sich an derselben. Am Vorabend brachte man dem Jubelpaar einen Fackelzug mit Musik. Am Tage selbst bewegte sich ein langer, festlicher Zug der Kirche zu, um auch Gott die Ehre zu geben und den Bund aufs neue von ihm segnen zu lassen.

Im»Bad« fand das Festessen statt, während dessen von allen Seiten Glückwünsche eintrafen. Ueber 400 derselben kamen von Lesern der Waldleute, was Theodor, den Seifensieder, am meisten freute.

Er und seine Jeannette dankten einem jeden der Gratulanten mittelst einer Karte mit beider Bildnis und Faksimile-Unterschrift.

Der Großherzog von Baden ließ dem Theodor zum Jubeltag den Orden vom Zähringer Löwen überreichen.

Es waren die letzten Glücksstrahlen, die das Leben dem greisen Paar am 9. Januar 1898 in reicher Fülle zukommen ließ.

Schon im folgenden Juli holte der Tod den wackeren Seifensieder im 83. Lebensjahre. Im gleichen Alter verließ drei Jahre später seine Jeannette das Leben, nachdem sie täglich, so lange sie gehen konnte, das Grab ihres Theodor besucht hatte.

Auch die treue Nannette hat bald nach ihrer Herrschaft der Tod abgerufen. Und wenn dies Büchlein nicht wäre, würde Theodor, der Seifensieder, schon vergessen sein, selbst in seiner Vaterstadt.

Ich aber beschließe sein Andenken mit dem schönen Zunftgruß:

»Hui Seifensieder! Hui Seifensieder!«

 tredition®

Über tredition

Eigenes Buch veröffentlichen

tredition wurde 2006 in Hamburg gegründet und hat seither mehrere tausend Buchtitel veröffentlicht. Autoren veröffentlichen in wenigen leichten Schritten gedruckte Bücher, e-Books und audio-Books. tredition hat das Ziel, die beste und fairste Veröffentlichungsmöglichkeit für Autoren zu bieten.

tredition wurde mit der Erkenntnis gegründet, dass nur etwa jedes 200. bei Verlagen eingereichte Manuskript veröffentlicht wird. Dabei hat jedes Buch seinen Markt, also seine Leser. tredition sorgt dafür, dass für jedes Buch die Leserschaft auch erreicht wird.

Im einzigartigen Literatur-Netzwerk von tredition bieten zahlreiche Literatur-Partner (das sind Lektoren, Übersetzer, Hörbuchsprecher und Illustratoren) ihre Dienstleistung an, um Manuskripte zu verbessern oder die Vielfalt zu erhöhen. Autoren vereinbaren direkt mit den Literatur-Partnern die Konditionen ihrer Zusammenarbeit und partizipieren gemeinsam am Erfolg des Buches.

Das gesamte Verlagsprogramm von tredition ist bei allen stationären Buchhandlungen und Online-Buchhändlern wie z. B. Amazon erhältlich. e-Books stehen bei den führenden Online-Portalen (z. B. iBookstore von Apple oder Kindle von Amazon) zum Verkauf.

Einfach leicht ein Buch veröffentlichen: **www.tredition.de**

Eigene Buchreihe oder eigenen Verlag gründen

Seit 2009 bietet tredition sein Verlagskonzept auch als sogenanntes "White-Label" an. Das bedeutet, dass andere Unternehmen, Institutionen und Personen risikofrei und unkompliziert selbst zum Herausgeber von Büchern und Buchreihen unter eigener Marke werden können. tredition übernimmt dabei das komplette Herstellungs- und Distributionsrisiko.

Zahlreiche Zeitschriften-, Zeitungs- und Buchverlage, Universitäten, Forschungseinrichtungen u.v.m. nutzen diese Dienstleistung von tredition, um unter eigener Marke ohne Risiko Bücher zu verlegen.

Alle Informationen im Internet: **www.tredition.de/fuer-verlage**

tredition wurde mit mehreren Innovationspreisen ausgezeichnet, u. a. mit dem Webfuture Award und dem Innovationspreis der Buch Digitale.

tredition ist Mitglied im Börsenverein des Deutschen Buchhandels.

Dieses Werk elektronisch lesen

Dieses Werk ist Teil der Gutenberg-DE Edition DVD. Diese enthält das komplette Archiv des Projekt Gutenberg-DE. Die DVD ist im Internet erhältlich auf **http://gutenbergshop.abc.de**

Zeitfracht Medien GmbH
Ferdinand-Jühlke-Straße 7
99095 Erfurt, Deutschland
produktsicherheit@kolibri360.de